炉边独语

夏丏尊散文精选

夏丏尊　著

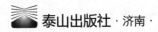
泰山出版社·济南·

图书在版编目（CIP）数据

夏丏尊散文精选 / 夏丏尊著. -- 济南：泰山出版
社，2023.11
（炉边独语）
ISBN 978-7-5519-0780-4

Ⅰ.①夏… Ⅱ.①夏… Ⅲ.①散文集－中国－现
代 Ⅳ.① I266

中国国家版本馆CIP数据核字（2023）第093919号

LUBIAN DUYU XIAMIANZUN SANWEN JINGXUAN

炉边独语：夏丏尊散文精选

责任编辑 王艳艳
装帧设计 路渊源

出版发行 泰山出版社
    社　　址 济南市泺源大街2号　邮编　250014
    电　话 综 合 部（0531）82023579　82022566
        出版业务部（0531）82025510　82020455
    网　　址 www.tscbs.com
    电子信箱 tscbs@sohu.com
印　　刷 山东通达印刷有限公司
成品尺寸 150 mm×230 mm　16开
印　　张 12.5
字　　数 155千字
版　　次 2023年11月第1版
印　　次 2023年11月第1次印刷
标准书号 ISBN 978-7-5519-0780-4
定　　价 39.00元

凡　例

一、本书收录了作者的散文经典文章或片段节选，主要展现了作者的学术历程、情感操守，以及当时的时代风貌等。

二、将所选文章改为简体横排，以适应当代的阅读习惯。所选文章尽量依照原作，以保持文章的时代韵味，部分内容参照当下最新的整理成果进行了适当修改。

三、所选文章没有标题或者标题重复的，编辑时另行拟加或改拟。

四、对有些当时惯用的文字，如“的”“地”“得”“作”“做”“哪”“那”“吧”“罢”“化钱”“记帐”等，仍多遵照旧用。

目录

误用的并存和折中

从小读过《中庸》的中国人，有一种传统的思想和习惯，凡遇正反对的东西，都把它并存起来，或折中起来，意味的有无，是不管的。这种怪异的情形，无论何时何地，都可随在发见。

已经有警察了，敲更的更夫，依旧在城市存在，地保也仍在各乡镇存在。已经装了电灯了，厅堂中同时还挂着锡制的"满堂红"。剧场已用布景、排着布景的桌椅了，演剧的还坐布景的椅子以外的椅子。已经用白话文了，有的学校，同时还教着古文。已经改了阳历了，阴历还在那里被人沿用。已经国体共和了，皇帝还依然住在北京……这就是所谓并存。

如果能"并行而不悖"，原也不妨。但上面这样的并存，其实都是悖的。中国人在这里，有一个很好的方法，来掩饰其悖。使人看了好像是不悖的。这方法是什么？就是"巧立名目"。

有了警察以后，地保就改名"乡警"了；行了阳历以后，阴历就名叫"夏正"了。改编新军以后，旧式的防营叫做"警备队"了；明明是一妻一妾，也可以用什么叫做"两头大"的名目来并存。这种事例，举不胜举，实在滑稽万分。现在的督军制度，不就是以前的驻防吗？总统不就是从前的皇帝吗？都不是在那里借了巧立的名目，来与"民国"并存的吗？以彼例此，我们实在不能不怀疑了！

至于折中的现象，也到处都是。医生用一味冷药，必须再用一味热药来防止太冷。发辫剪去了，有许多人还把辫子的根盘留着，以为全体剪去也不好。除少数的都会的妇女外，乡间做母亲的，有许多还用了"太小不好，太大也不好"的态度，替女儿缠成不大不小的中脚。"某人的话是对的，不过太新了""不新不旧"，也和"不丰不俭""不亢不卑"……一样，是一般人们的理想！"于自由之中，仍寓限制之意""法无可恕，情有可原"……这是中国式的公文格调！"不可太信，不可太不信"，这是中国人的信仰态度！

这折中的办法，是中国人的长技，凡是外来的东西，一到中国人的手里，就都要受一番折中的处分。折中了外来的佛教思想和中国固有的思想，出了许多的"禅儒"；几次被他族征服了，却几次都能用折中的方法，把他族和自己的种族弄成一样：这都是历史上中国人的奇迹！

"中西"两个字，触目皆是：有"中西药房"，有"中西旅馆"，有"中西大菜"，有"中西医士"，还有中西合璧的家屋、不中不西的曼陀派的仕女画！

讨价一千，还价五百。再不成的时候，就再用七百五十的中数来折中。这不但买卖上如此，到处都可用为公式。什么"妥协"，什么"调停"，都是这折中的别名。中国真不愧为"中"国哩！

在这并存和折中主义跋扈的中国，是难有彻底的改革、长足的进步的希望的。变法几十年了，成效在哪里？革命以前与革命以后，除一部分的男子剪去辫发，把一面黄旗换了一面五色旗以外，有什么大分别？迁就复迁就，调停复调停，新的不成，旧的不成，即使再经过多少的年月，恐怕也不能显著地改易这老大国家的面目吧！

我们不能不诅咒古来"不为已甚"的教训了！我们要劝国民吃一服"极端"的毒药，来振起这祖先传来的宿疾？我们要拜托国内军阀："你们如果是要作孽的，务须快作，务须作得再厉害一点！你们如果是卑怯的，务须再卑怯一点！"我们要恳求国内的政客："你们的政治（？），应该极端才好！要制宪吗？索性制宪！要联省自治吗？索性联省自治！要复辟吗？复辟也可以！要卖国吗？爽爽快快地卖国就是了！"我们希望我国军阀中，有拿破仑那样的人，我们希望我国政治家中，有梅特涅那样的人。辛亥式的革命、袁世凯式的帝制、张勋式的复辟、南北式的战争，和忽而国民大会，忽而人民制宪，忽而联省自治等类不死不活不痛不痒的方子，愈使中华民国的毛病，陷入慢性。我们对于最近的奉直战争，原希望有一面倒灭的，不料结果仍是一个并存的局面，仍是一个折中的覆辙！

社会一般的心里，都认执拗不化的人为痴呆，以模棱两可、不为已甚的人为聪明，中国人实在比一切别国的人来得聪明！同是圣人，中国的孔子，比印度弃国出家的释迦聪明得多，比犹太的为门徒所卖身受磔刑的耶稣也聪明得多哩！关于现在，国民比聪明的孔子更聪明了！

我希望中国有痴呆的人出现！没有释迦、耶稣等类的大痴呆，也可以；至少像托尔斯泰、易卜生等类的小痴呆是要几个的！现在把痴呆的易卜生的呆话，来介绍给聪明的同胞们吧！

　　"不完全，则宁无！"

　　　　　　　　　　　　（原载于1922年《东方杂志》第十九卷第十号）

读书与冥想

如果说山是宗教的，那么湖可以说是艺术的、神秘的，海可以说是革命的了。

梅戴林克的作品近于湖，易卜生的作品近于海。

湖大概在山间，有一定数目的鳞介做它的住民，深度性状也不比海的容易不一定。幽邃寂寥，易使人起神秘的妖魔的联想。古来神妖的传说多与湖有关系：《楚辞》中洞庭的湘君，是比较古的神话材料。西湖的白蛇，是妇孺皆知的民众传说。此外如巢湖的神姥（刘后村《诗话》，姜白石有《平调满江红》词，自序云："《满江红》旧词用仄韵，多不协律……予欲以平韵为之，久不能成。因泛巢湖……祝曰：'得一夕风，当以《平韵满江红》为迎送神曲。'言讫，风与笔俱驶，顷刻而成。"）、芙蓉湖的赤鲤（《南徐州记》："子英于芙蓉湖捕得一赤鲤，养之一年生两翅。鱼云：'我来迎汝。'子英骑之，即乘风雨腾而上天，每经数载，来归见妻子，鱼复来迎。"）、小湖的鱼（《水经注》："谷水出吴小湖，径由卷县故城下。《神异传》曰：'由拳县，秦时长水县也。'始皇时县有童谣曰：'城门当有血，城陷没为湖。'有老妪闻之忧惧，且往窥城门，门侍欲缚之，妪言其故。后，门侍杀犬以血涂门。妪又往，见血走去，不敢顾。忽又大水长欲没县，主簿令干入白令。令见干曰：'何忽作鱼？'干又曰：'明府亦作鱼。'遂乃沦为谷矣。"）、白马湖的白马（《水经注》："白马潭深无底。传云：创湖之始，边塘屡崩，百姓以白马祭之，因以名水。"又，《上虞县志》："晋县令周鹏举治上虞有声，相传乘白马入湖仙去。"）等都是适当的例证。湖以外的地象，如山、江、海等，虽也各有关联的传说，但恐没有像湖的传说的来得神秘的和妖魔的了，可以说湖是地象中有魔性的东西。

将自己的东西给与别人，还是容易的事，要将不是自己的东西当作自己的所有来享乐，却是一件大大的难事。"虽他乡之洵美兮，非吾土之可怀"，就是这心情的流露。每游公园名胜等公共地方的时候，每逢借用公共图书的时候，我就起同样的心情，觉得公物虽好，不及私有的能使我完全享乐，心地的窄隘，真真愧杀。这种窄隘的心情，完全是私有财产制度养成的。私有财产制度一面使人能占有所有，一面却使人把所有的范围减小，使拥有万象的人生变为可怜的穷措大了。

熟于办这事的曰老手，曰熟手，杀人犯曰凶手，运动员曰选手，精干棋或医的人曰国手，相助理事曰帮手，供差遣者曰人手，对于这事负责任的曰经手，处理船务的曰水手……手在人类社会的功用真不小啊。

人类的进化可以说全然是手的恩赐，一切机械就是手的延长。动物虽有四足，因为无手的缘故，进步遂不及人类。

近来时常做梦，有儿时的梦，有遇难的梦，有遇亡人的梦。

一般皆认梦为虚幻，其实由某种意义看，梦确是人生的一部分，并且有时比现实生活还要真实。白日的秘密，往往在梦呓中如实暴露。在悠然度日的人们，突然遇着死亡、疾病、灾祸等人世的实相的时候，也都惊异的说："这不是梦吗？""好比做了一场梦！"

梦是个人行为和社会状况的反光镜。正直者不会有窃物的梦，理想社会的人们不会有遇盗劫、受兵灾的梦。

高山不如平地大。平的东西都有大的涵义，或者可以竟说平的就是大的。

人生不单因了少数的英雄圣贤而表现，实因了蚩蚩平凡的民众而表现的。啊，平凡的伟大啊。

沙翁戏曲中的男性几乎没有一个完全的人。《阿赛洛》中的阿赛洛、《叙利·西柴》中的西柴等，都是有缺点的英雄；《哈姆列脱》中的哈姆列脱，是空想的神经质的人物；《洛弥阿与叙列叶》中的洛弥阿是性急的少年。

但是，他的作品中的女性几乎没有一个不是聪明贤淑、完全无疵的人。《利亚王》中的可莱利亚、《阿赛洛》中的代斯代马那、《威尼斯商人》中的朴尔谢等，都是女性的最高的典型（据拉斯京的《女王的花园》）。

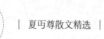

沙翁将人世悲哀的原因归诸人性的缺陷，这性格的缺陷又偏单使男性负担。在沙翁剧中，悲剧是由男性发生，女性则常居于救济者或牺牲者的地位。

教师对于学生所应取的手段，只有教育与教训二种：教育是积极的辅助，教训是消极的防制。这两种作用，普通皆依了教师的口舌而行。要想用口舌去改造学生，感化学生，原是一件太不自量的事，特别地在教训一方面，效率尤小。可是教师除了这笨拙的口舌，已没有别的具体的工具了。不用说，理想的教师应当把真心装到口舌中去，但无论口舌中有否笼着真心，口舌总不过是口舌，这里面有着教师的悲哀。

能知道事物的真价的，是画家、文人、诗人。凡是艺术，不以表示了事物的形象就算满足，还要捕捉潜藏在事物背面或里面的生命。近代艺术的所以渐渐带着象征的倾向，就是为此。

生物学者虽知把物分为生物与无生物，其实世间的一切都是活着的。泥土也是活的，水也是活的，灯火也是活的，花瓶也是活的，都有着力，都有着生命。不过这力和生命，在昏于心眼的人却是无从看见，无从理会。

学画兰花只要像个兰花，学画山水只要像个山水，是容易的，可是要他再好，是不容易的了。写字但求写得方正像个字，是容易的，可是要他再好是不容易的了。

真要字画、文章好，非读书及好好地做人不可，不是仅从

字画、文章上学得好的。那么，有好学问或好人格的人都可以
成书画家、文章家了吗？那却不然，因为书画、文章在某种意
义上是艺术的缘故。

（原载于1922年、1923年《春晖》第三期、第十二期）

教学小品文的一个尝试

国文在学校中，是个问题最多的科目。其中作文教授，尤是最麻烦讨厌的部分。说起这星期要作文，先生、学生大家都害怕，先生怕改文课，学生怕作不好，这是一般学校作文教授的现状！

我在春晖担任国文科教授快一年了。这一年中，为想改进作文科教授，曾也费过许多心力，想过许多方法，稿上订正、当面改削、自由命题、共同命题、教授作文方法（曾把文体分为说明、叙事、记事、议论等几种，编了讲义分别讲解）。大概普通教授上所用的方式，都已用到，而学生的成绩，总是不良。现在中等学校学生的作文成绩，实在太幼稚了；本校学生的作文能力，较之一般同等学校的学生，也许并不特别不良，但不良总是不良，无法辩解的。

举例来说。叫他们作日记，他们就把一日的行事账簿式地排列起来，什么"晨几时起床，上午上课四班……九点半钟就寝"，弄成每日一样每人一样的文字。叫他们作一篇像"公德"题的文字，他们就将什么"人不可无公德""中国人公德不讲究""外国人都很讲公德""我想，我们非讲公德不可""我劝同学们大家要讲公德"等无聊的套语凑集起来，再加以"为什么呢？因为……所以……"样的自问自答，把篇幅伸长，弄成似是而非、敷泛不切的一篇东西。现在通行的是语体，本校各班又都在教授语法，学生在词句间，除了几个特别幼稚者外，毛病不用说是很少的。结果教者可改的只是内容了，不，只是补充内容了。但是又因为他们的文字中，本没有内容，结果补充也无从补充，于是只好就顺序上、繁简上勉强改削一下，把文课还给学生，而学生也感不到特别的兴味，得不到什么益处。注意点的学生呢，从改笔上理解了关于繁简顺序等表面上的方法，下次作起文来，竟可一字不改，而其内容的空虚无聊，还是依然如故。

这大概是现在普通教育中作文教授的一个公式吧。一般的现状，如果确如我所说，我以为真是很可悲观的事，因为如此作文，是作一千次也没用的。用了语体作文，表面上已叫做"新文章"了，其实除了把文言翻成白话以外，内容上何尝有一点的新气？现代学生文课中的"外国怎样好，中国怎样坏"，同从前学生文课中的"古者……今也则否"有何分别？"西儒说……""杜威说……"，不就是新式的"古人有言曰""子曰"吗？"我所敬爱的某君……祝你健康"，不就是从前"某某仁兄大人阁下……敬请台安"的变形吗？但改变了文体的形式，而不改变作文的态度，结果总无什么用处的。

如何可以改变学生作文的态度？我为这问题烦闷长久了！我近来对于学生学国文，有两种见解：一是劝学生不要只从国文去学国文，二是劝学生不要只将国文当国文学。现在学生读了几篇选文，依样模仿，以为记了几句文句或几段大意，作文时可以用的，于是作出文来，就满纸陈言，千篇一例。这就是只从国文去学国文的毛病。现在的所谓选文，并不是像以前的只是空洞的文章，或是含着什么问题，或是记着什么事理，内容很复杂的。如果学生只当作国文去读，必至徒记诵着外面的文字，而于重要的内容不去玩索，结果于思想推理方面毫无补益，头脑仍然空虚，仍旧只会作把文言"且夫天下之人……"翻成白话的文章。这就是只将国文当国文学的毛病。

上面所述的我的两种意见，第一种是关于作文教授的，第二种是主要地关系于读解教授的。现在只把我第一种意见的办法来说：

学生作文能力的不发展，我既认为是只从国文去学国文的缘故，那么，叫他们从什么地方去学国文呢？我所第一叫学生注意的，是自己的生活，叫他们用实生活来做作文的材料。可是在入校前向无玩味自己实生活的习惯的学生们，对于自己的生活，所能说的只是账簿式的一种轮廓（像前面所举的日记例），并不能表出什么生活的内容或情调来。并且摇笔即来的滥调，往往仍不能免。记得有一次，我出了"我的故乡"的一个题目，竟有一个学生仍打起老调，说什么"凡人必有故乡……"一类的空话的！

我想设法使学生对于实生活有玩味观察的能力，以救济这个病弊，于是叫学生学作小品，叫他们以一二百字写生活的一个断片；一面又编了一点小品文的讲义，教授讲解。行之几时，学生作文的态度及兴味，似乎比前好些。题材以实生活为限，命题听学生自由。学生很喜欢作，作来的文字，虽还不十分好，然较之于以前的空泛，却算已有点进步，至少不至于看了讨厌，替他们改削，也不至徒劳了。现在录几篇学生的成绩，给大家看看。这些成绩中，有的在词句及繁简上已经教者修正，但内容却都是学生自己的本色。

箫 声

钟显谟

昏暗笼罩了世界，一切都很沉静，像已入了睡乡，做休息的梦了。忽然间，不知从哪里曲曲折折地传来了幽遏的箫声。隐约听去，身子仿佛轻松了许多，心也渐渐地沉下去了。一切物质的欲望、实利的思想，都随着这箫声悠悠渺渺地逝去。所剩的只有一个空虚的心。

不知在什么时候，故乡、慈母、儿时之乐都纷然乘虚而入，把空虚的心中，又装满了说不出的悲哀与寂寞了。

插 秧

张健尔

农人弯了背儿把不满半尺的稻秧在那泥泞而滑的水田中插着。每次插下去的时候，随着手儿发出"卟咚卟咚"的谐音。这较之日间火车通过时那种"克挈克挈"的噪音，真有仙凡之别。

长方形水田中渐渐地满布着嫩绿色的稻秧，那农人在其中，简直好像一幅绝佳的自然画里面着的人物一样。

封校报

陆灵祺

电灯明晃晃地照得小房间里白昼似的。七八个人，围坐在一大长桌旁。地板上铺散了一片瓦片似的校报。几只手像机轮开着的时候，动个不息。这一边的人将报一张张像信纸似的折起来，坐在那一边的接去一份份地封起，再贴上印好的送达地址。"呀！北京方面齐了，上海方面也齐了，还有杭州，还有学校以外的教育机关。"手里做，心里急，眼睛屡次看着桌上一大碗还没有用完的浆糊。

提　笔

汤冠英

无聊极了，决心要提笔写些东西，写些什么，自己也没有知道，写什么好，自己也没有主意。胡思乱想地思索了一回。笔提得手酸了，墨水干了。苍蝇窃吸了墨水去，正在我的第一次穿上的新夏制服上撒粪。唉！可恶极了。赶去苍蝇，思绪也顿然无形无踪地消灭了。

乒　乓

何逮荣

滴滴的微雨方止，疏疏的霞云中露出一线深红色的快归去的日光来。我和C君闲步到高小部。那楼上俱乐部的乒乓球声把我和C君引上楼去。C君先拿着球板与L君打起来，我在旁候着。

一个，两个……C君早已输去了，但他们记错了，还说没有。我板着脸走了。自然地从心坎里发出来的诅咒，却传到口上了。

这也算出了我的气了：我自己一壁走，一壁这样想。

祖母的话

郭肇塘

我还记得那年，我从游艺会里得了金牌。

祖母对我说："你得了金牌，我的快乐，正和那年你父亲进了秀才一般。"

现在，祖母早已死了，我也没有再得金牌的希望了。

Game

吕襄宝

唉！我们的能力不及他们，现在已经三与一之比了，到Game只有一个球了。心里慌得几乎连网拍都拿不动。

"打得好，还可得到相等。"旁人话未说完，敌手已把球开过来了。我心想很认真的回过去，果然很好的回过去了。那时心里一时觉得很快乐，希望得到相等。不料很急促的球又弹子也似的过来了。我们只注目着球，任它过去，无法可想。

"Game！"对方喊着。我和同组的只好放了网拍，立在域外。同组的虽不怨，我总觉得有些连累了他。

吃饭前后的饭厅

徐思睿

第五时的功课退了，肚中正是有点饿的样子，忽然饭厅里面作出叮当叮当的声响，心知就是午膳了。到了饭厅，有几个同学是已经盛好了饭要吃了，有的却正才盛饭赴座，有几个还没有到饭厅，正才从寝室里到饭厅里的走廊里走着。这时饭厅中，发出乒乒乓乓拿碗的、吱吱咯咯移凳的种种声音，还有你言我语的种种喧哗声，热闹得像剧场一般。

人大概到齐了，饭也盛毕了，各人都到了自己的座里。这时比较前几分钟静些。有几桌里的人，批评菜蔬的好歹。几桌的人，谈些不关紧要的说话。

像这样的过了十几分钟以后，有的吃罢了，有的已出去了，于是声音也渐渐地静寂，只有厨役收碗碟的响声了。

闲 步

刘家銮

春末的斜阳，露出他将辞别的依依不忍的情意，可使人们日间恶他如火如焚的心境，即刻消除无余。那和蔼可亲的回光，反照着蓬勃的枝柯和碧绿的山岩，以及倒映在微波不动的湖水里的幻景和那笼着炊烟的四境。明暗不一的远人村落和周围的杂树，远望犹如罩着淡蓝色的蚊帐一般。

我因喘咳吐唾入水里，只见众多小鱼跳出争强，镜也似的水面，就叠起了圆环，转瞬间，平静为之破坏，好一会犹未恢复，我悔了！

蚊

曹增庆

正坐在椅子上，诵读英文，忽然一个蚊子来到脚膝下，被他一刺，我身一惊，觉得很难忍，急去拍时，已经飞去了。没有多少时候，仍旧飞近我身边，作嗡嗡的叫声。我静静地等他来。果真他回来原处，他撑直了脚，用口管刺入我的皮肤，两翼向上而平，好像在那里用着他的全副精神似的。我拍死了他，那掌上黏湿的血水，使我感得复仇的快感和对于生命的怜悯。

因限于篇幅，不能将全数成绩揭载，很是恨事。上面所列的成绩，是依题材的种类各选一篇，并非一定择优选录。这样的成绩原不能就说可以满足，不过学生作文的态度，却可认为已变了不少。我以为只要学生作文的态度能变，就有方法可想。在这点上，却抱着无限的希望。

小品文性质实近于纯文学，叫中学生作纯文学的作品，似乎太高，并且太虚空不合实用。关于这层，大家或者有所怀疑。我要声明，我的叫学生作小品文，完全是为救济学生的病起见，完全当作药用的。小品文自身，原有价值可说，兹不具论。我所认定的，只是小品文对于作文练习上的价值，略举如下：

（甲）能多作　无论如何，多作总是学文的必要条件之一。现在校中每月二次或三次的文课，实嫌太少。小品文内容自由，材料随处可得，推敲布局，都比长文容易，便于多作。

（乙）能养成观察力　小品文字数不多，当然不能记载大事，用不着敷泛的笔法，非注意到眼前事物的小部分不可，这结果就可使观察力细密而且锐敏。有了细密的观察力，作文必容易好。

（丙）能使文字简洁　现在学生作文最普通的毛病是浮蔓不切，或不应说的说，或应说的反不说，因为他们还没有取舍选择的能力的缘故。小品文非用扼要的手腕不可，断用不着悠缓的笔法。多作小品文，对于材料，自然会熟于取舍选择起来，以后作文，自不致泛而不当了。

（丁）能养成作文的兴趣　我国从前作教师的，往往以国家大事或圣贤道德等为题，叫学生作文，学生对于题材没有充分的知识，当然只好说些泛而不切的套语来敷衍了事（这恐怕不但从前如此，现在的教育上也还是依然如故的），结果学生没有好成绩，而对于作文的兴趣，也因以萎滞了。小品文是以日常生活为材料的，题材容易捕捉，作了不佳，也容易改作，普通的学生，也可偶然得很好的成绩。既有过好成绩，作者自身就会感到兴趣，喜于从事文字起来。

（戊）可为作长篇的准备　画家作画，先从小部分起。非能完全画一木一石的，决不能作全幅的风景；非能完全写一手一足的，决不能画整个的人物。我们与其教学生作空泛无内容的长文，实不如教学生多作内容充实的短文。

这几种是我教学生作小品文的重要的理由。总之，我觉得现在学生界作文力薄弱极了。薄弱的原因，一般都以为是头脑饥荒的缘故，主张用选文去供给他们材料，或叫他们去涉览书籍。但我以为学生学国文的态度如果不改，只从国文去学国文，只将国文当国文学，一切改良计划，都收不到什么效果，弄得不好，还要有害的！现在学生作文力的薄弱，并非由于头脑饥荒，实由于不能吟味咀嚼题材，就是所患的是一种不消化的病症。如果对于患不消化病的人，用过量的食物去治疗，肠胃将愈不清爽，结果或至于无法可治。患不消化症的大概将食物照原形排泄出来，试看！现在学生所作出来的文字，不多就是选文或什么书报上文字的原形吗？

我们不要对于消化不良的学生，奖励多食了！作文的材料，到处皆是，所苦者只是学生没有消化的能力。我们为要使消化不良的有消化力，非叫他们咀嚼少量的食物不可。叫学生作小品文，就是叫学生咀嚼玩味自己实生活的断片。

教学生小品文，是我近来在国文教授上的一种尝试，原不敢自诩成功，却以为或有可供大家参考的价值，所以特地把意见及经过一切写了出来。

（原载于1923年《学生杂志》第十卷第十一号）

春晖的使命

啊！春晖啊！今日又是你的诞辰了！你堕地不过一年零几个月，若照人的成长比拟起来，正是才能匍匐学步的时期，你现在正跨着你的第一步，此后行万里路，都由这一步起始。你第一步的走相，只要不是厌嫉你的人们，都说还不错。但是第一步总究是第一步，怯弱的难免，即在爱你的人，也是不能讳言的。

怯弱倒不要紧，方向却错不得！你须知道，你有你从生带来的使命！你的能否履行你的使命，就是你的运命决定的所在。你的运命，要你自己创造！

你的使命，是你随生带来的，自己总应明瞭。我们为催促你和为你向大众布告起见，特于今日大声呼说，一面也当作对于你的祝福，但愿你将来是这样：

你是生在乡间的，乡村运动，不是你本地风光的责任吗？别的且不讲，你可晓得你附近有多少不识字的乡民？你须省下别的用途，设法经营国民小学、半日学校等机关，至少先使闻得你钟声的地方，没有一个不识字的人，才是真的。至于你现在着手的农民夜校，比起来那只可说是你的小玩意儿，算不得什么的。

你是一个私立的，不比官立的凡事多窒碍。当现在首都及别省官立学校穷得关门，本省官立中等学校有的为了争竞位置、风潮叠起、丑秽得不可向迩的时候，竖了真正的旗帜，振起纯正的教育，不是你所应该做的事吗？

你生也晚，正当学制改革之时。在新制之下，单纯的初级中学，办理上很是困难的。你现在第一步虽只办初级中学，但总须设法加办高级中学，酌量地方情形，加设文科、理科及农科、师范科等类的职业科。这条血路，你不是应该拼了命杀出的吗？

你已男女同学了，这是本省中等学校的第一声，也是你冒了社会的忌讳敢行的一件好事。你应如何好好地保持这纤弱的萌芽，使它发达？又，现在女子教育，事实上比男子教育待改良研究的地方更多。你在开始的时候，应如何改变方向，求于女子教育有所贡献？

你生在山重水复的白马湖，你的环境，每引起人们的羡慕。但这种环境，一不小心，就会影响你的精神，使你一方面有清洁幽美的长处，一方面染蒙滞昏懒的坏习的！你不应该常自顾着，使没有这种毛病的吗？

你无门无墙，组织是同志集合的。你要做的事情既那样多而且杂，同志集合，实是最要紧的条件。你不该从此多方接引同志，使你的同志结合在质上更纯粹，在量上更丰富吗？于现在有少数的校董、教员以外，再组织维持员等类的事，你不应该开了"无门的门"，尽力地做吗？

你的财产原不能算多，但也算不得没有。你不多不少的财产，也许反容易使你进退维谷。但你须知道，真正的教育事业，根本是靠你同志们的辛苦艰难的牺牲精神，光靠你的财产是没有什么用的。世间没有一个钱的基金，以精神结合遂能在教育上飞跃的学校多着，有了好好的基础，而因精神涣散、奄奄无生气的学校也多着哩！以精神的能力，打破物质上的困难，并非一定是不可能的事，而在你更是非做到这地步不可的。你该怎样地用了坚诚的信念，设法培养这精神，使你自己在这精神之下，发荣滋长？

　　春晖啊！你于别的学校所有的一切使命外，同时还有着这许多特有的使命。这于你或许要感受若干特有的困难，但决不是你的不幸。前途很远！此去珍重！啊，啊，春晖啊！

（原载于1923年《春晖》第二十期）

《爱的教育》译者序言

这书给我以卢梭《爱弥尔》、裴斯泰洛齐《醉人之妻》以上的感动。我在四年前始得此书的日译本，记得曾流了泪三日夜读毕，就是后来在翻译或随便阅读时，还深深地感到刺激，不觉眼睛润湿。这不是悲哀的眼泪，乃是惭愧和感激的眼泪。除了人的资格以外，我在家中早已是二子二女的父亲，在教育界是执过十余年的教鞭的教师。平日为人为父为师的态度，读了这书好像丑女见了美人，自己难堪起来，不觉惭愧了流泪。书中叙述亲子之爱、师生之情、朋友之谊、乡国之感、社会之同情，都已近于理想的世界，虽是幻想，使人读了觉到理想世界的情味，以为世间要如此才好。于是不觉就感激了流泪。

这书一般被认为有名的儿童读物，但我以为不但儿童应读，实可作为普通的读物。特别地敢介绍给与儿童有直接关系的父母、教师们，叫大家流些惭愧或感激之泪。

学校教育到了现在，真空虚极了。单从外形的制度上方法上，走马灯似的更变迎合，而于教育的生命的某物，从未闻有人培养顾及。好像掘池，有人说四方形好，有人又说圆形好，朝三暮四地改个不休，而于池的所以为池的要素的水，反无人注意，教育上的水是什么？就是情，就是爱。教育没有了情爱，就成了无水的池，任你四方形也罢，圆形也罢，总逃不了一个空虚。

因了这种种，早想把这书翻译。多忙的结果，延至去年夏季，正想鼓兴开译，不幸我唯一的妹因难产亡了。于是心灰意懒地就仍然延阁起来。既而，心念一转，发了为纪念亡妹而译这书的决心，这才偷闲执笔，在《东方杂志》连载。中途因忙和病，又中断了几次，等全稿告成，已在亡妹周忌后了。

这书原名《考莱》，在意大利语是"心"的意思。原书在一九零四年已三百版，各国大概都有译本，书名却不一致。我所有的是日译本和英译本，英译本虽仍作《考莱》，下又标"一个意大利小学生的日记"几字，日译本改称《爱的学校》（日译本曾见两种，一种名《真心》，忘其译者，我所有的是三浦修吾氏译，名《爱的学校》的）。如用《考莱》原名，在我国不能表出内容，《一个意大利小学生的日记》，似不及《爱的学校》来得简单。但因书中所叙述的不但学校，连社会及家庭的情形都有，所以又以己意改名《爱的教育》。这书原是描写情育的，原想用《感情教育》作书名，后来恐与法国佛罗贝尔的小说《感情教育》混同，就弃置了。

译文虽曾对照日英二种译本，勉求忠实，但以儿童读物而论，殊愧未能流利生动，很有须加以推敲的地方。可是遗憾得很，在我现在实已无此功夫和能力。此次重排为单行本时，除草草重读一过，把初刷误植处改正外，只好静待读者批评了。

《东方杂志》记者胡愈之君，关于本书的出版，曾给予不少的助力，邻人刘熏宇君、朱佩弦君，是本书最初的爱读者，每期稿成即来阅读，为尽校正之劳，封面及插画，是邻人丰子恺君的手笔。都足使我不忘。

（原载于1924年开明书店版《爱的教育》）

"无 奈"

在现制度之下，教师生活真不是一件有趣味的事。同业某友近撰了一副联句，叫做：

命苦不如趁早死　家贫无奈作先生

愤激滑稽，令人同感。我所特别感得兴味的是"无奈"二字，"无奈"是除此以外无别法的意思，这可有客观的主观的两样说法。造物要使我们死，我们无法逃避死神的降临，这是主观的"无奈"。惯吃黄酒的人遇到没有黄酒的时候只好用白酒解瘾，这是客观的"无奈"。本来就喜欢吃白酒的人，非白酒不吃，只能吃白酒，这是主观的"无奈"。

基督的上十字架出于"无奈"，释迦的弃国出家也出于"无奈"，耐丁格尔"无奈"去亲往战场救护伤兵，列宁"无奈"而主张革命。啊！"无奈"——"主观的无奈"的伟大啊！

"家贫"是"无奈"，"做先生"是"无奈"，都不足悲哀，所苦的只是这"无奈"的性质是客观的而不是主观的。我们的烦闷不自由在此，我们的藐小无价值也在此。

横竖"无奈"了，与其畏缩烦闷的过日，何妨堂堂正正的奋斗。用了"死罪犯人打仗"的态度，在绝望之中杀出一条希望的血路来！"烦恼即菩提"，把"无奈"从客观的改为主观的。所差只是心机一转而已。这是我近来的感怀，质之某友以为何如？

（原载于1924年《春晖》第三十六期）

序子恺的《漫画集》

新近因了某种因缘，和方外友弘一和尚（在家时姓李，字叔同）聚居了好几日，和尚未出家时，曾是国内艺术界的先辈，披剃以后，专心念佛，见人也但劝念佛，不消说，艺术上的话是不谈起了的。可是我在这几日的观察中，却深深地受到了艺术的刺激。

他这次从温州来宁波，原预备到了南京，再往安徽九华山去的。因为江浙开战，交通有阻，就在宁波暂止，挂搭于七塔寺。我得知就去望他。云水堂中住着四五十个游方僧，铺有两层，是统舱式的。他住在下层，见了我笑容招呼，和我在廊下板凳上坐了，说：

"到宁波三日了。前两日是住在××旅馆（小旅馆）里的。"

"那家旅馆不十分清爽吧。"我说。

"很好！臭虫也不多，不过两三只。那主人待我非常客气呢！"

他又和我说了些在轮船统舱中茶房怎样待他和善，在此地挂搭怎样舒服等等的话。

我悯然了。继而邀他明日同往白马湖去小住几日，他初说再看机会，及我坚请，他也就忻然答应。

行李很是简单，铺盖竟是用粉破的席子包的。到了白马湖以后，在春社里替他打扫了房间，他就自己打开铺盖，先把那粉破的席子，丁宁珍重地铺在床上，摊开了被，再把衣服卷了几件作枕。拿出黑而且破得不堪的毛巾走到湖边洗面去。

"这手巾太破了，替你换一条好吗？"我忍不住了。

"哪里！还好用的，和新的也差不多。"他把那破手巾珍重地张开来给我看，表示还不十分破旧。

他是过午不食了的。第二日未到午，我送了饭和两碗素菜去（他坚说只要一碗的，我勉强再加了一碗），在旁坐了陪他。碗里所有的原只是些莱菔、白菜之类，可是在他却几乎是要变色而作的盛馔。他丁宁喜悦地把饭划入口里，郑重地用箸夹起一块莱菔来的那种了不得的神情，我见了几乎要下欢喜惭愧之泪了！

第二日，有另一位朋友送了四样菜来斋他，我也同席。其中有一碗咸得非常的，我说：

"这太咸了！"

"好的！咸的滋味，也好的！"

我家和他寄寓的春社相隔有一段路，第三日，他说饭不必送去，可以自己来吃，且笑说乞食是出家人的本等的话。

"那么逢天雨仍替你送去吧。"

"不要紧！天雨，我有木屐哩！"他说出木屐二字时，神情上竟俨然是一种了不得的法宝。我总还有些不安。他又说：

"每日走些路，也是一种很好的运动。"

我也就无法反对了。

在他，世间竟没有不好的东西，一切都好：小旅馆好，统舱好，挂搭好，粉破的席子好，破旧的手巾好，白菜好，莱菔好，咸苦的蔬菜好，跑路好，什么都有味，什么都了不得。

这是何等的风光啊！宗教上的话且不说，琐屑的日常生活到此境界，不是所谓生活的艺术化了吗？人家说他在受苦，我却要说他是享乐。我当见他吃莱菔、白菜时那种愉悦丁宁的光景，我想：莱菔、白菜的全滋味、真滋味，怕要算他才能如实尝得的了。对于一切事物，不为因袭的成见所缚，都还他一个本来面目，如实观照、领略，这才是真解脱，真享乐。

艺术的生活，原是观照享乐的生活。在这一点上，艺术和宗教实有同一的归趋。凡为实利或成见所束缚，不能把日常生活咀嚼玩味的，都是与艺术无缘的人们。真的艺术，不限在诗里，也不限在画里，到处都有，随时可得。能把它捕捉了用文字表现的是诗人，用形及色彩表现的是画家。不会做诗，不会作画，也不要紧，只要对于日常生活有观照玩味的能力，无论谁何，都能有权去享受艺术之神的恩宠。否则虽自号为诗人画家，仍是俗物。

与和尚数日相聚，深深地感到这点。自怜囫囵吞枣地过了大半生，平日吃饭着衣，何曾尝到过真的滋味！乘船坐车，看山行路，何曾领略到真的情景！虽然愿从今留意，但是去日苦多，又因自幼未曾经过好好的艺术教养，即使自己有这个心，何尝有十分把握！言之怃然！

正怃然间，子恺来要我序他的《漫画集》。记得：子恺的画这类画，实由于我的怂恿。在这三年中，子恺实画了不少，集中所收的，不过数十分之一。其中含有两种性质，一是写古诗词名句的，一是写日常生活的断片的。古诗词名句，原是古人观照的结果，子恺不过再来用画表出一次，至于写日常生活的断片的部分，全是子恺自己观照的表现。前者是翻译，后者是创作了。画的好歹且不谈，子恺年少于我，对于生活，有这样的咀嚼玩味的能力，和我相较，不能不羡子恺是幸福者！

子恺为和尚未出家时画弟子，我序子恺画集，恰因当前所感，并述及了和尚的近事，这是什么不可思议的缘啊！南无阿弥陀佛！

（原载于1925年《文学周报》第一百九十八期）

闻歌有感

"一来忙，开出窗门亮汪汪；二来忙，梳头洗面落厨房；三来忙，年老公婆送茶汤；四来忙，打扮孩儿进书房；五来忙，丈夫出门要衣裳；六来忙，女儿出嫁要嫁妆；七来忙，讨个媳妇成成双；八来忙，外孙剃头要衣装；九来忙，捻了数珠进庵堂；十来忙，一双空手见阎王。"

十一岁的阿吉和六岁的阿满又在唱这俗谣了。阿满有时弄错了顺序，阿吉给伊订正。妻坐在旁边也陪着伊们唱。一壁拍着阿满，诱伊睡熟。

这俗谣是我近来在伊们口上时常听到的，每次听到，每次惆怅，特别在那夏夜月下，我的惆怅更甚。据说，把这俗谣输入到我家来的，是前年一个老寡妇的女佣。那女佣的从何处听来，是不得而知了。

几年前，我读了莫泊三的《一生》，在女主人公的一生的经过，感到不可言说的女性的世界苦。好好的一个女子，从嫁人、生子，一步一步地陷到死的口里去。因了时势和国土，其内容也许有若干的不同，但总逃不出那自然替伊们预先设好了平板的铸型一步。怪不得贾宝玉在姊妹嫁人的时候要哭了！

《一生》现在早已不读，并且连书也已散失不在手头了，可是那女性的世界苦的印象，仍深深地潜存在我心里，每于见到将结婚或是结婚了的女子，将有儿女或是已有了儿女的女子，总不觉要部分地复活。特别地每次在听到这俗谣的时候，竟要全体复活起来。这俗谣竟是中国女性的"一生"！是中国女性一生的铸型！

我的祖母、我的母亲，已和一般女性一样都规规矩矩地忙了一生，经过了这些平板的阶段，陷到死的口里去了！我的妹子，只忙了前几段，以二十七岁的年纪，从第五段一直跳过到第十段，见阎王去了！我的妻正在一段一段地向这方向走着！再过几年，眼见得现在唱这歌的阿吉和阿满也要钻入这铸型去！

记得，有一次，我那气概不可一世的从妹对我大发挥其毕生志愿时，我冷笑了说：

"别做梦吧！你们反正是要替孩子抹尿屎的！"

从妹那时对于我的愤怒，至今还记得。后来伊结婚了，再后来，伊生子了，眼见伊一步一步地踏上这阶段去！什么"经济独立""出洋求学"等等，在现在的伊，也已如春梦浮云，一过便无痕迹。我每见了伊那种憔悴的面容，及管家婆的像煞有介事的神情，几乎要忍不住下泪，可是伊却反不觉什么。原来"家"的铁笼，已把伊的野性驯伏了！

易卜生在《培泰卡勃拉》中，借了培泰的身子，曾表示过反对这桎梏的精神。苏特曼在《故乡》中也曾借了玛格娜的一生，描写过不甘被这铁笼所牢缚的野性。无论世间难得有这许多的培泰、玛格娜样的新妇女，即使个个都是，结果只是造成了第三性的女子，在社会看来也是一种悲剧。国内近来已有了不少不甘为人妻的"老密斯"和不愿为人母的新式夫人。女性的第三性化，似已在中国的上流社会流行开始了！如果给托尔斯泰或爱伦凯伊女史见了，不知将怎样叹息啊！

贤妻良母主义虽为世间一部分人所诟病，但女性是免不掉为妻与为母的。说女性于为妻与为母以外还有为人的事则可以，说女性既为了人就无须为妻为母，决不成话。既须为妻为母，就有贤与良的理想的要求，所不同的只是贤与良的内容解释罢了。可是无论把贤与良的内容怎样解释，总免不掉是一个重大的牺牲，逃不出一个"忙"字！

自然所加给女性的担负，真是严酷，《创世纪》中上帝对于第一对男女亚当、夏娃的罚，似乎待女性的比待男性的苛了许多。难道真是因为女性先受了蛇的诱惑的缘故吗？抑是女性真由男性的肌骨造成，根本上地位、价值不及男性？

中馈、缝纫、奉夫、哺乳、教养……忙煞了不知多少的女性。在个人自觉不发达的旧式女性，一向沉没在自然的盲目的性意识里，千辛万苦，大半于无意识中经过了或正在经过着，比较地不成问题。所最成问题的是个人自觉已经发展的新女性。个人主义已在新女性的心里占着势力了，而性的生活及其结果，在性质上与个人主义却绝对矛盾。这性与个人主义的冲突，就是构成女性世界苦的本质。故愈是个人自觉发达的新女性，其在运命上所感到的苦痛也应愈强。国内现状沉滞麻木如此，离所谓儿童公育、母性拥护等种种梦想的设施，还是很远很远，无论在口上笔上说得如何好听，女性在事实上还逃不掉家庭的牢狱。今后觉醒的女性，在这条满了铁蒺藜的长路上，将甚样去挣扎啊！

　　叫新女性把个人的自觉抑没了来学那旧式女性的盲目的生活，减却自己的苦痛吗？社会上大部分的人们，也许都在这样想。什么"女子教育应以实用为主"，什么"新式女子不及旧式女子的能操家政"等种种的呼声，都是这思想的表示。但我们断不能赞成此说，旧式女性因少个人的自觉，千辛万苦，都于无意识中经过，所感到的苦痛，不及新女性的强烈，这种生活，自然是自然的，可是与普通的生活界有何两样！如果旧式女性的生活可以赞美，那么动物的生活该更可赞美了。况且旧式女性也未始不感到苦痛，这俗谣中所谓"忙"，不都是以旧式女性为立场的吗？

　　一切问题不在事实上，而在对于事实的解释上，女性的要为妻为母是事实，这事实所给予女性的特别麻烦，因了知识的进步及社会的改良，自然可除去若干，但断不能除去净尽。不，因了人类欲望的增加，也许还要在别方面增加现在所没有的麻烦。说将来的女性可以无苦地为妻为母，究是梦想。

　　我不但不希望新女性把个人的自觉抑没，宁希望新女性把这才萌芽的个人的自觉发展强烈起来，认为妻为母是自己的事，把家庭的经营、儿女的养育，当作实现自己的材料，一洗从来被动的屈辱的态度。为母固然是神圣的职务，为妻是为母的预备，也是神圣的职务，为母为妻的麻烦，不是奴隶的劳动，乃是自己实现的手段，应该自己觉得光荣优越的。

　　"我有男子所不能做的养小孩的本领！"

　　这是斯德林堡某作中女主人公反抗丈夫时所说的话。斯德林堡一般被称为女性憎恶者，但这句话，却足为女性吐气的，我们的新女性，应有这自觉的优越感才好。

苦乐不一定在外部的环境，自己内部的态度常占着大部分的势力。有花草癖的富翁，不但不以晨夕浇灌为苦，反以为乐，而在园丁却是苦役。这分别全由于自己的与非自己的上面，如果新女性不彻底自觉，认为妻为母都不是为己，是替男子作嫁，那么即使社会改进到如何的地步，女性面前也只有苦，永无可乐的了。

心机一转，一切就会变样。《海上夫人》中爱丽妲因丈夫梵格尔许伊自决去留，说"这样一来，一切事都变了样了！"就一变了从前的态度，留在梵格尔家里，死心塌地做后妻，做继母。这段例话，通常认为自由恋爱的好结果，我却要引了作为心机一转的例。梵格尔在这以前，并非不爱爱丽妲，可是为妻为母的事，在爱丽妲的心里，总是非常黯淡。后来一转念间，就"一切都变了样了"！所谓"烦恼即菩提"，并不定是宗教上的玄谈啊！

妇女解放的声浪，在国内响了好几年了。但大半都是由男子主唱，且大半只是对于外部的制度上加以攻击。我以为真正妇女问题的解决，要靠妇女自己设法，好像劳动问题应由劳动者自己解决一样。而且单从外部的制度下攻击，不从妇女自己的态度上谋改变，总是不十分有效的。老实说：女性的敌，就在女性自身！如果女性真已自己觉得自己的地位并不劣于男性，且重要于男性，为妻、产儿、养育，是神圣光荣的事务，不是奴隶的役使，自然会向国家社会要求承认自己的地位价值，一切问题，应早经不成问题了的。唯其女性无自觉，把自己神圣的奉仕，认作屈辱的奴隶的勾当，才致陷入现在的堕落的地位。

有人说，女性现在的堕落，是男性多年来所驯致的。这话当然也不能反对。但我以为无论男性如何强暴，女性真自觉了，也就无法抗衡。但看娜拉啊！真有娜拉的自觉和决心，无论谁做了哈尔茂，亦无可奈何。娜拉的在以前未能脱除傀儡衣装，并不是由于哈尔茂的压迫，乃是娜拉自身还缺少自觉和决心的缘故。"小松鼠""小鸟儿"等玩弄的称呼，在某一意义上，可以说是娜拉所甘心乐受，自己要求哈尔茂叫伊的啊！

正在为妻为母和将为妻为母的女性啊！你们正"忙"着，或者快要"忙"了。你们在现在及较近的未来，要想不"忙"，是不可能的。你们既"忙"了，不要再因"忙"反屈辱了自己，要在这"忙"里发挥自己，实现自己，显出自己的优越，使国家社会及你们对手的男性，在这"忙"里认识你们的价值，承认你们的地位。

（原载于1926年《新女性》第一卷第七号）

我在国文科教授上最近的一信念

——传染语感于学生

无论如何设法，学生的国文成绩总不见有显著的进步。因了语法、作文法等的帮助，学生文字在结构上形式上，虽已大概勉强通得过去，但内容总仍是简单空虚。这原是历来中学程度学生界的普通的现象，不只现在如此。

为补救这简单空虚计，一般都奖励课外读书，或是在读法上多选内容充实的材料。我也曾如此行着，但结果往往使学生徒增加了若干一知半解的知识，思想愈无头绪，文字反益玄虚。我所见到的现象如此，恐怕一般的现象也难免如此吧。

近来，我因无力多购买新书，时取以前所已读而且喜读的书卷反复重读，觉得对于一书，先后所受的印象不同，始信"旧书常诵出新意"是真话。而在学生的教授上，也因此得了一种新的启示，以为一股学生头脑上的简单空虚，或者可以用此救济若干的。

我现在的见解以为，无论是语是句，凡是文字都不过是一种寄托某若干义的符号。这符号因读者的经验能力的程度，感受不同：有的所感受的只是其百分之一二，有的或者能感受得更多一点，要能感受全体那是难有的事。普通学生在读解正课以及课外读书中，对于一句或一语的误解不必说了，即使正解，也决非全解，其所感受到的程度必是很浅。收得既浅，所发表的也自然不能不简单空虚。这在学生实在是可同情的事。

举例来说，"空间"一语是到处常见的名词，但试问学生对于这名词的了解有多少的程度？这名词因了有天文学的常识与否，了解的程度大相径庭。"光的速度，每秒行十八万哩，有若干星辰，经过四千年，其所发的光还未到地球。"试问在没有这天文学常识的学生，他们能如此了解这名词吗？在学生的心里，所谓"空间"，大概只认为是屋外仰视所及的地方吧。同样，"力"的一语在学生或只解作用手打人时的情形吧，"美"的一语，在学生或只解作某种女人的面貌的状态吧。

以上是就知的方面说的，情的方面也是如此。我有一次曾以"我的家庭"为题，叫学生作文。学生所作的文字都是"我家在何处，有屋几间。以何为业，共有人口若干……"等类的文句，而对于重要的各人特有的家庭情味，完全不能表现。原来他们把"家庭"只解作一所屋里的一群人了！"春""黄昏""故乡""母亲""夜""窗""灯"，这是何等情味丰富诗趣充溢的语啊，而在可怜的学生心里，不知是怎样干燥无味煞风景的东西呢！

不但国文科如此，其他如数学科中的所谓"数"和"量"，理科中的所谓"律"和"现象"，历史中的所谓"因果"和"事实"等等，何尝能使学生有充分的了解？

要把一语的含义以及内容充分了解，这在言语的性质上，在人的能力上，原是万难做到的事。因为一事一物的内容本已无限，把这无限的内容用了一文字代替作符号，已是无可奈何的办法。要想再从文字上去依样感受他的内容，不用说是至难之事。除了学生自己的经验及能力以外，什么讲解、说明、查字典，都没有大用。夸张点说，这已入了"言语道断"的境地了！

真的！要从文字去感受其所代表事物的全部内容，这是"言语道断"之境。在这绝对的境界上，可以说教师对于学生什么都无从帮助。因为教师自身也并未能全体感受任何一文字的内容。其实，世间决没有能全体感受任何一文字的内容的人，所不同的只是程度之差罢了。数学者对于数理上的各语所感受的当然比普通人多，法律学者对于法律上的用语，其解释当然比普通人来得精密。一般作教师的，特别的是国文科教师，对于普通文字应该比学生有正确丰富的了解力。换句话说，对于文字应有灵敏的感觉。姑且名这感觉为"语感"。

在语感锐敏的人的心里，"赤"不但只解作红色，"夜"不但只解作昼的反对吧。"田园"不但只解作种菜的地方，"春雨"不但只解作春天的雨吧。见了"新绿"二字，就会感到希望焕然的造化之工、少年的气概等等说不尽的情趣。见了"落叶"二字，就会感到无常、寂寥等等说不尽的诗味吧。真的生活在此，真的文学也在此。

自己努力修养，对于文字，在知的方面、情的方面，各具有强烈锐敏的语感，使学生传染了，也感得相当的印象。为理解一切文字的基础，这是国文科教师的任务。并且在文字的性质上，人间的能力上看来，教师所能援助学生的，只此一事。这是我近来的个人的信念。

（原载于1926年开明书店版《文章作法》）

长 闲

　　他午睡醒来，见才拿在手中的一本《陶集》，皱折了倒在枕畔。午饭时还阴沉的天，忽快晴了，窗外柳丝的摇曳，也和方才转过了方向。新鲜的阳光把隔湖诸山的皱褶照得非常清澈，望去好像移近了一些。新绿杂在旧绿中，带着些黄味。他无识地微吟着"此中有真意，欲辨已忘言"，揉着倦饧饧的眼，走到吃饭间。见桌上并列地丢着两个书包，知道两女儿已从小学散学回来了。屋内寂静无声，妻的针线笸里，松松地闲放着快做成的小孩单衣，针子带了线斜定在纽结上。壁上时钟正指着四点三十分。

　　他似乎一时想走入书斋去，终于不自禁地踱出廊下。见老女仆正在檐前揩抹预备腌菜的瓶坛，似才从河埠洗涤了来的。

　　"先生起来了，要脸水吗？"

　　"不要。"他躺下摆在檐头的藤椅去，就燃起了卷烟。

　　"今天就这样过去吧，且等到晚上再说了。"他在心里这样自语。躺了吸着烟，看看墙外的山、门前的水，又看看墙内外的花木，悠然了一会。忽然立起身来从檐柱上取下挂在那里的小锯子，携了一条板凳，急急地跑出墙门外去。

　　"又要去锯树了。先生回来了以后，日日只是弄这些树木的。"他从背后听到女仆在带笑这样说。

方出大门，见妻和二女孩都在屋前园圃里，妻在摘桑，二女孩在旁"这片大，这片大！"地指着。

"阿吉，阿满，你们看，爸爸又要锯树了。"妻笑了说，

"这丫杈太密了，再锯去它。小孩别过来！"他踏上凳去，把锯子搁到那方才看了不中意的柳枝去。

小孩手臂样粗的树枝，"拍"地一落下，不但本树的姿态为之一变，就是前后左右各树的气象以及周围的气氛，在他看来，也都如一新。携了板凳回入庭心，把头这里那里地侧着看了玩味一会，觉得今天最得意的事，就是这件了。于是仍去躺在檐头的藤椅上。

妻携了篮进来。

"爸爸，豌豆好吃了。"阿满跟在后面叫着说。手里捻着许多小柳枝。

"哪，这样大了。"妻揭起篮面的桑叶，篮底平平地叠着扁阔深绿的豆荚。

"啊，这样快！快去煮起来，停会好下酒。"他点着头。

黄昏近了，他缓饮着酒，桌上摆着一大盘的豌豆，阿吉、阿满也伏在桌上抢着吃。妻从房中取出蚕笾来，把剪好的桑叶丝丝地铺撒在灰色蠕动的蚕上，二女孩都几乎要把头放入笾里去，妻擎起笾来逼近窗口去看，一手抑住她们的攀扯。

"就可三眠了。"妻说着，把蚕笾仍拿入房中去。

他一壁吃着豌豆，一壁望着蚕笾，在微醺中又猛触到景物变迁的迅速和自己生活的颓唐来。

"唉！"不觉泄出叹声。

"怎么了？"妻愕然地从房中出来问。

"没有什么。"

室中已渐昏黑，妻点起了灯，女仆搬出饭来。油炸笋、拌莴苣、炒鸡蛋，都是他近来所自名为山家清供而妻所经意烹调的。他眼看着窗外的暝色，一杯一杯地只管继续饮，等妻女都饭毕了，才放下酒杯，胡乱地吃了小半碗饭，衔了牙签，踱出门外去，在湖边小立，等暗到什么都不见了，才回入门来。

吃饭间中灯光亮亮的，妻在继续缝衣服，女仆坐在对面用破布叠鞋底，一壁和妻谈着什么。阿吉在桌上布片的空隙处摊了《小朋友》看着，阿满把她半个小身子伏在桌上指着书中的猫或狗强要母亲看。一灯之下，情趣融然。

他坐下壁隅的藤椅子去，燃起卷烟，只管沉默了对着这融然的光景。昨日在屋后山上采来的红杜鹃，已在壁间花插上怒放，屋外时送入低而疏的蛙声。一切都使他感觉到春的烂熟，他觉得自己的全身心，已沉浸在这气氛中，陶醉得无法自拔了。

"为什么总是这样懒懒的！"他不觉这样自语。

"今夜还做文章吗？春天夜是熬不得的。为什么日里不做些！日里不是睡觉就是荡来荡去，换字画，换花盆，弄得忙煞，夜里每夜弄到一二点钟。"妻举起头来停了针线说。

"夜里静些啰。"

"要做也不在乎静不静，白马湖真是最静没有了。从前在杭州时，地方比这里不知要嘈杂得多少，不是也要做吗？无论什么生活，要坐牢了才做得出。我这几天为了几条蚕的缘故，采叶呀，什么呀，人坐不牢，别的生活就做不出，阿满这件衣服，本来早就该做好了的，你看！到今天还未完工呢。"

妻的话，这时在他，真比什么"心能转境"等类的宗门警语还要痛切。觉得无可反对，只好逃避了说：

"日里不做夜里做，不是一样的吗？"

"昨夜做了多少呢？我半夜醒来还听见你在天井里踱来踱去，口里念着什么'明日自有明日'哩。"

"不是吗？我也听见的。"女仆羼入。

"昨夜月色实在太好了，在书房里坐不牢。等到后半夜上云了，人也倦了，一点都不曾做啊。"他不禁苦笑了。

"你看！那岂不是与灯油有仇？前个月才买来一箱火油，又快完了。去年你在教书的时候，一箱可点三个多月呢。——赵妈，不是吗？"妻说时向着女仆，似乎要叫她作证明。

"火油用完了，横竖先生会买来的。怕什么？嗄，满姑娘！"女仆拍着阿满笑说。

"洋油也是爸爸买来的，米也是爸爸买来的。阿吉的《小朋友》也是爸爸买来的，屋里的东西，都是爸爸买来的。"阿满把快要睡去的眼张开了说。

女仆的笑谈、阿满的天真烂漫的稚气，引起了他生活上的忧虑，妻不知为了什么，也默然了，只是俯了头动着针子，一时沉默支配着一室。

三个月来的经过，很迅速地在他心上舒展开了：三个月前，他弃了多年厌倦的教师生涯，决心凭了仅仅够支持半年的贮蓄，回到白马湖家里来，把一向当作副业的笔墨工作，改为正业，从文字上去开拓自己的新天地。"每日创作若干字，翻译若干字，余下来的工夫就去玩山看水。"当时的计划，不但自己得意，朋友都艳羡，妻也赞成。三个月来，书斋是打叠得很停当了，房子是装饰得很妥帖了，有可爱的盆栽，有安适的几案，日日想执笔，刻刻想执笔，终于无所成就，虽着手过若干短篇，自己也不满足，都是半途辍笔，或愤愤地撕碎了投入纸篓里。所有的时间，都消磨在风景的留恋上。在他，朝日果然好看，夕阳也好看，新月是妩媚，满月是清澈，风来不禁倾耳到屋后的松籁，雨霁不禁放眼到墙外的山光，一切的一切，都把他牢牢地捉住了。

想享乐自然，结果做了自然的奴隶，想做湖上诗人，结果做了湖上懒人，这也是他所当初万不料及，而近来深深地感到的苦闷。

"难道就这样过去吗？"他近来常常这样自讼。无论在小饮时、散步时、看山时。

壁间时钟打九时。

"咿呀！已九点钟了。时候过去真快！"妻拍醒伏了睡熟在膝前的阿满，把工作收拾了，吩咐女仆和阿吉去睡。

他懒懒地从藤椅子上立起身来，走向书斋去。

"不做么，早睡啰！"妻从背后叮嘱。

"呃。"他回答，"今夜是一定要做些的了，难道就这样过去吗？从今夜起！"又暗自坚决了心。

立时，他觉得全身就紧凑了起来，把自己从方才懒洋洋的气氛中拉出了，感到一种胜利的愉快。进了书斋门，急急地摸着火柴把洋灯点起，从抽屉里取出一篇近来每日想做而终于未完工的短篇稿来，吸着烟，执着自来水笔，沉思了一会，才添写了几行，就觉得笔滞，不禁放下笔来举目凝视到对面壁间的一幅画上去。那是朽道人十年前为他作的山水小景，画着一间小屋，屋前有梧桐几株，一个古装人儿在树下背负了手看月。题句是"明日事自有明日，且莫负此梧桐月色也"。他平日很爱这画，一星期前，他因看月引起了清趣，才将这画寻出，把别的画换了，挂在这里的。他见了这画，自己就觉离尘脱俗，作了画中人了。昨夜妻在睡梦中听到他念的，就是这画上的题句。

他吸着烟，向画幅悠然了一会，几乎又要踱出书斋去。因了方才的决心，总算勉强把这诱惑抑住。同时，猛忆到某友人"清风明月不用一钱买，但是也不能抵一钱用"的话，不觉对于这素所心爱的画幅，感到一种不快。

他立起身把这画幅除去。一时壁间空洞洞地，一室之内，顿失了布置上的均衡。

"东西是非挂些不可的，最好是挂些可以刺激我的东西。"

他这样自语了，就自己所藏的书画中，想来想去，忽然想到了他畏友弘一和尚的"勇猛精进"四字的小额来。

"好，这个好！挂在这里，大小也相配。"

他携了灯从画箱里费了许多工夫把这小额寻出，恐怕家里人惊醒，轻轻地钉在壁上。

"勇猛精进！"他坐下椅子去默念着看了一会，复取了一张空白稿纸，大书"勤靡余劳心有常闲"八字，用图画钉钉在横幅之下。这是他在午睡前在《陶集》中看到的句子。

"是的，要勤靡余劳，才能心有常闲。我现在是身安逸而心忙乱啊！"他大彻大悟似的默想。

一切安顿完毕，提出笔来正想重把稿子续下，未曾写到一张，就听得外面时钟丁地敲一点。他不觉放下了笔，提起了两臂，张大了口，对着"勇猛精进"的小额和"勤靡余劳心有常闲"八字，打起呵欠来。

携了灯回到卧室去，才出书斋，见半庭都是淡黄的月色，花木的影映在墙上，轮廓分明地微微摇动着。他信步跨出庭间，方才画上的题句，不觉又上了他的口头：

"明日事自有明日，且莫负此梧桐月色也！"

（原载于1926年《一般》第一卷第一号）

怯弱者

一

阴历七月中旬，暑假快将过完，他因在家乡住厌了，就利用了所剩无几的闲暇，来到上海。照例耽搁在他四弟行里。

"老五昨天又来过了，向我要钱，我给了他十五块钱。据说前一会浦东纱厂为了五卅事件，久不上工，他在领总工会的维持费呢。唉，可怜！"兄弟晤面了没有多少时候，老四就报告幼弟老五的近况给他听。

"哦！"他淡然地说。

"你总只是说'哦'，我真受累极了。钱还是小事，看了他那样儿，真是不忍。鸦片恐还在吃吧，你看，靠了苏州人做女工，哪里养得活他。"

"但是有什么法子啰！"他仍淡然。

自从老五在杭州讨了所谓苏州人，把典铺的生意失去了以后，虽同住在杭州，他对于老五就一反了从前劝勉慰藉的态度，渐渐地敬而远之起来。老五常到他家里来，诉说失业后的贫困和妻妾间的风波，他除了于手头有钱时接济些以外，一概不甚过问。老五有时说家里有菜，来招他吃饭，他也托故谢绝。他当时所最怕的，是和那所谓苏州人的女人见面。

"见了怎样称呼呢？她原是拱宸桥货，也许会老了脸皮叫我三哥吧，我叫她什么？不尴不尬的！"这是他心里所老抱着的过虑。

有一天，他从学校回到家里，妻说：

"今天五弟领了苏州人来过了，说来见见我们的。才回去哩。"

他想，幸而迟了些回来，否则糟了。但仍不免为好奇心所驱：

"是甚样一个人？漂亮吗？"

"也不见得比五娘长得好。瘦长的身材，脸色黄黄的，穿的也不十分讲究。据说五弟当时做给她的衣服已有许多在典铺里了。五弟也憔悴得可怜，和在当铺里时比起来，竟似两个人。何苦啊，真是前世事！"

老五的状况，愈弄愈坏。他每次听到关于老五的音信，就想象到自己手足沉沦的悲惨。可是却无勇气去直视这沉沦的光景。自从他因职务上的变更迁居乡间，老五曾为过年不去，奔到乡间来向他告贷一次，以后就无来往，唯从他老四那里听到老五的消息而已。有时到上海，听到老五已把正妻逼回母家，带了苏州人到上海来了。有时到上海，听到老五由老四荐至某店，亏空了许多钱，老四吃了多少的赔账。有时到上海，听到老五梅毒复发了，卧在床上不能行动。后来又听到苏州人入浦东某纱厂做女工了，老五就住在浦东的贫民窟里。

当老四每次把老五的消息说给他听时，他的回答，只是一个"哦"字。实际在他，除了回答说"哦"以外，什么都不能说了。

"不知老五究竟苦到怎样地步了，既到了上海，就去望他一次吧。"有时他也曾这样想。可是同时又想道：

"去也没用，梅毒已到了第三期了，鸦片仍在吸，住在贫民窟里，这光景见了何等难堪。况且还有那个苏州人……横竖是无法救了的，还是有钱时送给他些吧，他所要的是钱，其实单靠钱也救他不了……"

自从有一次在老四行中偶然碰见老五，彼此说了些无关轻重的话就别开以后，他已有二年多不见老五了。

二

到上海的第二天，他才和朋友在馆子里吃了中饭回到行里去，见老四正皱了眉头和一个工人模样的人在谈话。

"老三，说老五染了时疫，昨天晚上起到今天早晨泻过好几十次，指上的螺也已瘪了。这是老五的邻居，特地从浦东赶来通报的。"他才除了草帽，就从老四口里听到这样的话。

"哦。"他一壁回答，一壁脱下长衫到里间去挂。

"那么，你先回去，我们就派人来。"他在里间听见老四送浦东来人出去。

立时，行中伙友们都失了常度似的说东话西起来了。

"前天还好好地到此地来过的。"张先生说。

"这时候真危险，一不小心……"在打算盘的王先生从旁加入。

老四一进到里间，就神情凄楚地说：

"说是昨天到上海来，买了两块钱的鸦片去。——大概就是我给他的钱吧——因肚子饿了，在小面馆里吃了一碗面，回去还自己煎鸦片的。到夜饭后就发起病来。照来人说的情形，性命恐怕难保的了。事已如此，非有人去不可。我也未曾去过，有地址在此，总可问得到的。你也同去吧。"

"我不去！"

"你怕传染吗？自己的兄弟呢。"老四瞪了目说。

"传染倒不怕，我在家里的时候，已请医生打过预防针了的。实在怕见那种凄惨的光景。我看最要紧的，还是派个人去，把他送入病院吧。"

"但是，总非得有人去不可。你不去，只好我一个人去。——一个人去也有些胆小，还是叫吉和叔同去吧，他是能干的，有要紧的时候，可以帮帮。"老四一壁说一壁急摇电话。

果然，他吉和叔一接电话就来，老四立刻带了些钱着了长衫同去了。他只是懒懒地靠在沙发上目送他们出门。行中伙友都向他凝视，那许多惊讶的眼光，似乎都在说他不近人情。

他也自觉有些不近人情起来，自恨自己怯弱，没有直视苦难的能力，却又具有着对于苦难的敏感。身子虽在沙发上，心已似飞到浦东，一味作着悲哀的想象：

"老五此刻想泻得乏力了，眼睛大约已凹进了，据说霍乱症一泻肉就瘦落的。——不，或者已气绝了。……"

他用了努力把这种想象压住，同时却又因了联想，纷然地回忆起许多往事来：记到儿时兄弟在老屋檐前怎样游耍，母亲在日怎样爱恋老五，老五幼时怎样吃着嘴讲话讨人欢喜，结婚后怎样不平，怎样开始放荡，自己当时怎样劝导，第一次发梅毒时，自己怎样得知了跑到拱宸桥去望他，怎样想法替他担任筹偿旧债。又记到自己幼时逢大雷雨躲入床内，得知家里要杀鸡，就立即逃避，看戏时遇到《翠屏山杀嫂》等戏要当场出彩，预先俯下头去，以及妻每次生产时，不敢走入产房，只在别室中闷闷地听着妻的呻吟声默祷她安全的光景。又记到二十五岁那年母亲在自己腕上气绝时自己的难忍，五岁爱儿患了肺炎将断气时虽嘶了声叫"爸爸来，爸爸来"，自己不敢近去抱他，终于让他死在妻怀里的情形。

种种的想象与回忆，使他不能安坐在沙发上。他悄然地披上长衣，拿了草帽无目的地向外走去。见了路上的车水马龙，愈觉着寂寥，夕阳红红地射在夏布长衫上，可是在他却时觉有些寒噤。他荡了不少的马路，终于走入一家酒肆，拣了一个僻静的位子坐下。

电灯早亮了，他还是坐着，约莫到了八点多钟，才懒懒地起身。他怕到了老四行里，得知恶消息，但不得消息，又不放心。大了胆到了行里，见老四和他吉和叔还未回行，又忐忑不安起来：

"这许多时候不回来，怕是老五已死了。也许是生死未定，他们为了救治，所以离不开身的。"这样自己猜忖。

老四等从浦东回来已在九点钟以后。

"你好！这样写意地躺在沙发上，我们一直到此刻才算'眼不见为净'，连夜饭都还未下肚呢！"他吉和叔一进来就含笑带怒地说。

他一听了他吉和叔的责言，几乎要辩解了说"我在这里恐比

你们更难过些"，可是终于咽住。因了他吉和叔的言语和神情，
推测到老五尚活着，紧张的心绪也就宽缓了些。

"病得怎样？不要紧吗？"他禁不住一见老四就问。

"泻是还在泻，神志尚清，替他请了个医生来打过盐水针，
所以一直弄到此刻。据医生说温度已有些减低，救治欠早，约定
明晨再来替他诊视一次，但愿今夜不再泻，就不要紧。——我
们要回来时，苏州人向着我们哀哭，商量后事，说她曾割过股
了，万一老五不好，还要替他守节。却不料妓女中竟有这样的
人。——老五自己说恐今夜难过，要我们陪他。但是地方真不像
个样子，只是小小的一间楼上，便桶、风炉，就在床边，一进房
便是臭气。我实在要留也不能留在那里，只好硬了心肠回来。"

他吉和叔说恐受有秽气，吃饭时特叫买高粱酒，一壁饮酒
一壁杂谈方才到浦东去的情形：说什么左右邻居一见有着长衫的
人去，就大惊小恐地拢来，医生打盐水针时，满房立满了赤膊的
男人和抱小孩的女人，尽回复也不肯散，以及小弄堂内苍蝇怎样
多，想到自己祖父名下的人落魄至于住到这种场所，心里怎样难
过。他只是托了头坐在旁边听着。等到饭毕，他吉和叔回去以
后，还是茫然地坐在原处不动。

"我预备叫车夫阿兔到浦东去，今夜就叫他陪在那里，有要
紧即来报告。再向朋友那里挑些大土膏子带去。今夜大约是不要
紧的，且到明天再说吧。"老四一壁说，一壁就写条子问朋友借
鸦片，按电铃叫车夫阿兔。

"死了怎样呢？"他情不自禁地自己唧咕着说。

"死了也没有法子，给他备衣棺，给他安葬，横竖只要钱就

是了。世间有你这样的人！还说是读书的！遇事既要躲避，又放不下，老是这样粘缠！"

老四说时笑了起来，他也不觉为之破颜。自笑自己真太呆蠢，记起母亲病危时妻的话来：

"你这样夜不合眼，饭也不吃，自割自吊地烦恼，倒反使病人难过，连我们也被你弄得心乱了。你看四弟呵，他服伺病人，延医，买药，病人床前有人时，就偷空去睡，起来又做事，何尝像你的空忙乱！"

老四回寓以后，他也就睡，因为睡不去，重起来把电灯熄了，电灯一熄，月光从窗间透入。记起今夜是阴历七月十五的鬼节，不禁有些毛骨悚然，似乎四周充满了鬼气似的。

三

天一亮，车夫阿兔回来，说泻仍未止，病势已笃，病人昨天知道老三在上海，夜间好几次地说要叫老三去见见。

他张开了红红的眼在床上坐起身来听毕车夫阿兔的报告：

"哦！知道了！"

他胡乱地把面洗了，独自坐在沙发上，拿了一张旧报纸茫然地看着，心里不绝地回旋。

"这真是兄弟最后的一会了……但正唯其是兄弟，正唯其是最后一会，所以不忍，别说他在浦东贫民窟里，别说还有那个所谓苏州人，就是他清清爽爽地在自己老家里，到这时我也要逃开的……可惜昨天不去，昨天去了，不是也过去了吗？昨天不去，今天更不忍去了。……不过，不去又究竟于心不安。……"

这样的自己主张和自己打消，使他苦闷得坐不住，立起身来在客堂圆桌周围只管绕行！一直到行中伙友有人起来为止。

九时老四到行，从车夫阿兔口中问得浦东消息，即向他说：

"那么，你就去一趟吧，叫阿兔陪你去好吗？"

"我不去！"他断然地说。

兄弟二人默然相对移时。浦东又有人来急报病人已于八时左右气绝了。

"终于不救！"老四闻报叹息说。

"唉！"他只是叹息。同时因了事件的解决，紧张的心情，反觉为之一宽。

行中伙友又失起常度来了，大家拢来问讯，互相谈论。

"季方先生人是最好的，不过讨了个小，景况又不大好。这样死了，真是太委屈了！"一个说。

"他真是一个老实人，因为太忠厚了，所以到处都吃亏。"一个说。

"默之先生，早知道如此，你昨天应该去会一会的。"张先生向了他说。

"去也无用，徒然难过。其实，像我们老五这种人，除了死已没有路了的。死了倒有福。"他故意说得坚强。

老四打发了浦东来报信的人回去，又打电话叫了他吉和叔来，商量买棺木、衣衾，及殓后送柩到斜桥绍兴会馆去的事。他只是坐在旁听着。

"棺材约五六十元，衣衾约五六十元，其他开销约二三十元，将来还要搬送回去安葬。……"老四拨着算盘子向着他说。

"我虽穷，将来也愿凑些。钱的事情究竟还不算十分难。"

他吉和叔与老四急忙出去，他也披起长衣就怅怅无所之地走出了行门。

四

当夜送殓，次晨送殡，他都未到。他的携了香烛悄然地到斜桥绍兴会馆，是在殡后第二日下午，他要动身回里的前几点钟。

一下电车，沿途就见到好几次的丧事行列，有的有些排场，有的只是前面扛着一口棺材，后面东洋车上坐着几个着丧服的妇女或小孩。

"不过一顿饭的工夫，见到好几十口棺材了，这几天天天如此，人真不值钱啊。"他因让路，顺便走入一家店铺买香烟时，那店伙自己在唧咕着。

他听了不胜无常之感。走在烈日之中，汗虽直淋，而身上却觉有些寒栗。因了这普遍的无常之感，对于自己兄弟的感伤反淡了许多，觉得死的不但是自己的兄弟。

进了会馆门，见各厅堂中都有身着素服的男女休息着，有的泪痕才干，眼睛还红肿，有的尚在啜泣。他从管会馆的司事那里问清了老五的殡所号数，叫茶房领到柩厂中去。

穿过圆洞门，就是一弄一弄的柩厂。厂中阴惨惨地不大有阳光，上下重叠地满排着灵柩，远望去有黑色的，有赭色的，有和头上有金花样的。两旁分排，中间只有一人可走的小路。他一见这光景，害怕得几乎要逃出，勉强大着了胆前进。

"在这弄里左边下排着末第三号就是，和头上都钉得有木牌的。你自去认吧。"茶房指着弄口说了急去。

他才踏进弄，即吓得把脚缩了出来。继而念及今天来的目的，于是重新屏住了鼻息目不旁瞬地进去。及将到末尾，才去注意和头上的木牌。果然找着了，棺口湿湿的似新封未干，牌上写着的姓名籍贯年龄，确是老五。

"老五！"他不禁在心里默呼了一声，鞠下躬去，不禁泫然的要落下泪来，满想对棺祷诉，终于不敢久立，就飞步地跑了出来。到弄外呼吸了几口大气，又向弄内看了几看才走。

到了客堂里，茶房泡出茶来，他叫茶房把香烛点了，默默地看着香烛坐了一会。

"老五！对不住你！你是一向知道我的，现在应更知道我了。"这是他离会馆时心内的话。

一出会馆门，他心里顿觉宽松了不少，似乎释了什么重负似的。坐在从斜桥到十六铺的电车上，他几乎睡去。原来，他已疲劳极了。

上船不久，船就开驶，他于船初开时，每次总要出来望望的。平常总向上海方面看，这次独向浦东方面看。沿江连排红顶的码头栈房后背，这边那边地矗立着几十支大烟囱，黑烟在夕阳里败絮似的喷着。

"不知哪条烟囱是某纱厂的，不知哪条烟囱旁边的小房子是老五断气的地方？"他竖起了脚跟伸了头颈注意——地望。

船已驶到几乎看不到人烟的地方了，他还是靠在栏杆上向船后望着。

（原载于1926年《小说月报》第十七卷第五号）

猫

白马湖新居落成，把家眷迁回故乡的后数日，妹就携了四岁的外甥女，由二十里外的夫家雇船来访。自从母亲死后，兄弟们各依了职业迁居外方，故居初则赁与别家，继则因兄弟间种种关系，不得不把先人有过辛苦历史的高大屋宇，售让给附近的暴发户，于是兄弟们回故乡的机会就少，而妹也已有六七年无归宁的处所了。这次相见，彼此既快乐又酸辛，小孩之中，竟有未曾见过姑母的。外甥女也当然不认得舅妗和表姊，虽经大人指导勉强称呼，总都是呆呆地相觑着。

新居在一个学校附近，背山临水，地位清静，只不过平屋四间。论其构造，连老屋的厨房还比不上，妹却极口表示满意：

"虽比不上老屋，总究是自己的房子，我家在本地已有许多年没有房子了！自从老屋卖去以后，我多少被人瞧不起！每次乘船行过老屋的面前，真是……"

妻见妹说时眼圈有点红了，就忙用话岔开：

"妹妹你看，我老了许多了吧？你却总是这样后生。"

"三姊倒不老！——人总是要老的，大家小孩都已这样大了，他们大起来，就是我们在老起来。我们已六七年不见了呢。"

"快弄饭去吧！"我听了他们的对话，恐再牵入悲境，故意打断话头，使妻走开。

妹自幼从我学会了酒，能略饮几杯。兄妹且饮且谈，嫂也在旁羼着。话题由此及彼，一直谈到饭后，还连续不断。每到妹和妻要谈到家事或婆媳小姑关系上去，我总立即设法打断，因为我是深知道妹在夫家的境遇的，很不愿在难得晤面的当初，就引起悲怀。

忽然，天花板上起了嘈杂的鼠声。

"新造的房子，老鼠就这样多了吗？"妹惊讶了问。

"大概是近山的缘故吧。据说房子未造好就有了老鼠的。晚上更厉害，今夜你听，好如在打仗哩，你们那里怎样？"妻说。

"还好，我家有猫。——快要产小猫了，将来可捉一只来。"

"猫也大有好坏，坏的猫老鼠不捕，反要偷食，到处撒屎，还是不养好。"我正在寻觅轻松的话题，就顺了势讲到猫上去。

"猫也和人一样，有种子好不好的，我那里的猫，是好种，不偷食，每朝把屎撒在盛灰的畚斗里。——你记得从前老四房里有一只好猫吧。我们那只猫，就是从老四房讨去的小猫。近来听说老四房里已断了种了——每年生一胎，附近养蚕的人家都来千求万恳地讨，据说讨去都不淘气的。现在又快要生小猫了。"

老四房里的那只猫向来有名。最初的老猫，是曾祖在时，就有了的。不知是哪里得来的种子，白地，小黄黑花斑，毛色很嫩，望去像上等的狐皮"金银嵌"。善捉鼠，性质却柔驯得了不得，我小孩的时候，常去抱来玩弄，听它念肚里佛，挖看它的眼睛，不啻是一个小伴侣。后来我由外面回家，每走到老四房去，有时还看见这小伴侣——的子孙。曾也想讨一只小猫到家里去养，终难得逢到恰好有小猫的机会，自迁居他乡，十年来久不忆及了。不料现在种子未绝，妹家现在所养的，不知已是最初老猫的几世孙了。家道中落以来，田产室庐大半荡尽，而曾祖时代的猫，尚间接地在妹家留着种子，这真是一种不可思议的缘，值得叫人无限感兴的了。

"哦！就是那只猫的种子！好的，将来就给我们一只。那只猫的种子是近地有名的。花纹还没有变吗？"

"你欢喜哪一种？——大约一胎多则三只，少则两只，其中大概有一只是金银嵌的，有一二只是白中带黑斑的。每年都是如此。"

"那自然要金银嵌的啰。"我脑中不禁浮出孩时小伴侣的印象来。更联想到那如云的往事，为之茫然。

妻和妹之间，猫的谈话，仍被继续着，儿女中大些的张了眼听，最小的阿满，摇着妻的膝问："小猫几时会来？"我也靠在藤椅子上吸着烟默然听她们。

"小猫的时候，要教它会才好。如果撒屎在地板上了，就捉到撒屎的地方，当着它的屎打，到碗中偷食吃的时候，就把碗摆在它的前面打，这样打了几次，它就不敢乱撒屎多偷食了。"

妹的猫教育论，引得大家都笑了。

次晨，妹说即须回去，约定过几天再来久留几日，临走的时候还说：

"昨晚上老鼠真吵得厉害，下次来时，替你们把猫捉来吧。"

妹去后，全家多了一个猫的话题。最性急的自然是小孩，他们常问"姑妈几时来",其实都是为猫而问。我虽每回答他们"自然会来的,性急什么",而心里也对于那与我家一系有二十多年历史的猫,怀着迫切的期待,巴不得妹——猫快来。

妹的第二次来,在一个月以后,带来的只是赠送小孩的果物和若干种的花草苗种,并没有猫。说前几天才出生,要一月后方可离母,此次生了三只,一只是金银嵌的,其余两只,是黑白花和狸斑花的,讨的人家很多,已替我们把金银嵌的留定了。

猫的被送来,已是妹第二次回去后半月光景的事,那时已过端午,我从学校回去,一进门,妻就和我说:

"妹妹今天差人把猫送来了,她有一封信在这里。说从回去以后就有些不适。大约是寒热,不要紧的。"

我从妻手里接了信草草一看,同时就向室中四望:

"猫呢?"

"她们在弄它。阿吉、阿满,你们把猫抱来给爸爸看!"

立刻,柔弱的"尼亚尼亚"声从房中听得阿满抱出猫来:

"会念佛的,一到就蹲在床下,妈说它是新娘子呢。"

我在女儿手中把小猫熟视着说:

"还小呢,别去捉它,放在地上,过几天会熟的。当心碰见狗!"

阿满将猫放下。猫把背一耸就跟跄地向房里遁去。接着就从房内发出柔弱的"尼亚尼亚"的叫声。

"去看看它躲在什么地方。"阿吉和阿满蹑了脚进房去。

"不要去捉它啊!"妻从后叮嘱她们。

猫确是金银嵌,虽然产毛未褪,黄白还未十分夺目,尽足依约地唤起从前老四房里小伴侣的印象。"尼亚尼亚"的叫声和"咪咪"的呼唤声，在一家中起了新气氛，在我心中却成了一个联想过去的媒介，想到儿时的趣味，想到家况未中落时的光景。

与猫同来的，总以为不成问题的妹的病消息，一二日后竟由沉重而至于危笃，终于因恶性疟疾引起了流产，遗下未足月的女孩而弃去这世界了。

一家人参与丧事完毕从丧家回来，一进门就听到"尼亚尼亚"的猫声。

"这猫真不利，它是首先来报妹妹的死信的！"妻见了猫叹息着说。

猫正在檐前伸了小足爬搔着柱子，突然见我们来，就踉跄逃去，阿满赶到厨下把它捉来了，捧在手里：

"你还要逃！都是你不好！妈！快打！"

"畜生晓得什么？唉，真不利！"妻呆呆地望着猫这样说，忘记了自己的矛盾，倒弄得阿满把猫捧在手里瞪目茫然了。

"把它关在伙食间里，别放它出来！"我一壁说一壁懒懒地走入卧室睡去。我实在已怕看这猫了。

立时从伙食间里发出"尼亚尼亚"的悲鸣声和嘈杂的搔爬声来。努力想睡，总是睡不着。原想起来把猫重新放出，终于无心动弹，连向那就在房外的妻女叫一声"把猫放出"的心绪也没有，只让自己听着那连续的猫声，一味沉浸在悲哀里。

从此以后，这小小的猫，在全家成了一个联想死者的媒介，特别地在我，这猫所暗示的新的悲哀的创伤，是用了家道中落等类的怅惘包裹着的。

伤逝的悲怀，随着暑气一天一天地淡去，猫也一天一天地长大，从前被全家所诅咒的这不幸的猫，这时渐被全家宠爱珍惜起来了，当作了死者的纪念物。每餐给它吃鱼，归阿满饲它，晚上抱进房里，防恐被人偷了或是被野狗咬伤。

白玉也似的毛地上，黄黑斑错落得非常明显，当那蹲在草地上或跳掷在凤仙花丛里的时候，望去真是美丽。每当附近四邻或路过的人，见了称赞说"好猫！"的时候，妻脸上就现出一种莫可言说的矜夸，好像是养着一个好儿子或是好女儿。特别地是阿满：

"这是我家的猫，是姑母送来的，姑母死了，只剩了这只猫了！"她每当有人来称赞猫的时候，不管那人陌生与不陌生，总会睁圆了眼起劲地对他说明这些。

猫做了一家的宠儿了，每餐食桌旁总有它的位置，偶然偷了食或是乱撒了屎，虽然依妹的教育法是要就地罚打的，妻也总看妹面上宽恕过去。阿吉、阿满一从学校里回来就用了带子逗它玩，或是捉迷藏似的在庭间追赶它。我也常于初秋的夕阳中坐在檐下对了这跳掷着的小动物作种种的遐想。

那是快近中秋的一个晚上的事：湖上邻居的几位朋友，晚饭后散步到了我家里，大家在月下闲话，阿满和猫在草地上追逐着玩。客去后，我和妻搬进几椅正要关门就寝，妻照例记起猫来：

"咪咪！"

"咪咪！"阿吉、阿满也跟着唤。

可是却不听到猫的"尼亚尼亚"的回答。

"没有呢！哪里去了？阿满，不是你捉出来的吗？去寻来！"妻着急起来了。

"刚刚在天井里的。"阿满瞠了眼含糊地回答，一壁哭了起来。

"还哭！都是你不好！夜了还捉出来做什么呢？——咪咪，咪咪！"妻一壁责骂阿满一壁嘎了声再唤。

"咪咪，咪咪！"我也不禁附和着唤。

可是仍不听到猫的"尼亚尼亚"的回答。

叫小孩睡好了，重新找寻，室内室外，东邻西舍，到处分头都寻遍，哪有猫的影儿？连方才谈天的几位朋友都过来帮着在月光下寻觅，也终于不见形影。一直闹到十二点多钟，月亮已照屋角为止。

"夜深了，把窗门暂时开着，等它自己回来吧。——偷是没有人偷的，要么被狗咬死了？但又不听见它叫。也许不至于此，今夜且让它去吧。"我宽慰着妻，关了大门，先入卧室去。在枕上还听到妻的"咪咪"的呼声。

猫终于不回来。从次日起，一家好像失了什么似的，都觉到说不出的寂寥。小孩从放学回来也不如平日的高兴，特别地在我，于妻女所感得的以外，顿然失却了沉思过去种种悲欢往事的媒介物，觉得寂寥更甚。

第三日傍晚，我因寂寥不过了，独自在屋后山边散步，忽然在山脚田坑中发现猫的尸体。全身粘着水、泥，软软地倒在坑里，毛贴着肉，身躯细了好些，项有血迹，似确是被狗或野兽咬毙了的。

"猫在这里！"我不觉自叫了说。

　　"在哪里？"妻和女孩先后跑来，及见了猫都呆呆地几乎一时说不出话。

　　"可怜！一定是野狗咬死的。阿满！都是你不好！前晚你不捉它出来，哪里会死呢？下世去要成冤家啊！——唉！妹妹死了。连妹妹给我们的猫也死了！"妻说时声音呜咽了。

　　阿满哭了，阿吉也呆着不动。

　　"进去吧，死了也就算了，人都要死哩，别说猫！快叫人来把它葬了。"我催她们离开。

　　妻和女孩进去了。我向猫作了最后的一瞥，在昏黄中独自徘徊。日来已失了联想媒介的无数往事，都回光返照似的一时强烈地齐现到心上来。

　　　　　　　　　　　　　　（原载于1926年《一般》第一卷第三号）

对了米莱的《晚钟》

——关于妇女问题的一感想

米莱的《晚钟》在西洋名画中是我所最爱好的一幅，十余年来常把它悬在座右，独坐时偶一举目辄为神往。虽然所悬的只是复制的印刷品。

苍茫暮色中田野尽处隐隐地耸着教会的钟楼，男女二人拱手俯首作祈祷状，面前摆着盛了薯的篮笼、锄镶及载着谷物袋的羊角车。令人想象到农家夫妇田作已完，随着教会的钟声正在晚祷了预备回去的光景。

我对于米莱的坚苦卓绝的人格与高妙的技巧，不消说原是崇拜的，尤其对于他那作品的多农民题材与画面的成剧的表现，万分佩服。但同是他的名作如《拾落穗》，如《第一步》，如《种葡萄者》等等在我虽也觉得好，不知是什么缘故，总不及《晚钟》的会使我神往，能吸引我。

我常自己剖析我所以酷爱这画，这画所以能吸引我的理由，至最近才得了一个解释。

画的鉴赏法，原有种种阶段，高明的看布局、调子、笔法等等，俗人却往往执着于题材。譬如在中国画里，俗人所要的是题着"华封三祝"的竹子，或是题着"富贵图"的牡丹，而竹子与牡丹的画得好与不好，是不管的。内行人却就画论画，不计其内容是什么，竹子也好，芦苇也好，牡丹也好，秋海棠也好，只从笔法、神韵等去讲究去鉴赏。米莱的《晚钟》，在笔法上当然是无可批评了的。例如画地是一件至难的事，这作中地的平远，是近代画中典型，凡是能看画的都知道的。这作的技巧，可从各方面说，如布局色彩等等。但我之所以酷爱这作者，却不仅在技巧上，倒还是在其题材上。用题材来观画虽是俗人之事，我在这里却愿作俗人而不辞。

米莱把这画名曰《晚钟》，那么题材不消说是有关于信仰了，所画的是耕作的男女，就暗示着劳动，又，这一对男女一望而知为协同的夫妇，故并暗示着恋爱。信仰、劳动、恋爱，米莱把这人间生活的三要素在这作中用了演剧的舞台面式展示着，我以为。我敢自承，我所以酷爱这画的理由在此。这三种要素的调和融合，是人生的理想，我的每次对了这画神往者，并非在憧憬于画，只是在憧憬于这理想。不是这画在吸引我，是这理想在吸引我。

信仰、劳动、恋爱，这三者融合一致的生活才是我们的理想生活。信仰的对象是宗教。关于宗教原也有许多想说的话。可是宗教现在正在倒霉的当儿，有的主张以美学取而代之，有的主张直截了当地打倒。为避免麻烦计，姑且不去讲它，单就劳动与恋爱来谈谈吧。

劳动与恋爱的一致，是一切男女的理想，是两性间一切问题的归趋。特别地在现在的女性，是解除一切纠纷的锁钥。

"不劳动者不得食"，这虽是共产党的话，确是人间生活无可逃免的铁则，无论男女。女性地位的下降，实由于生活不能独立，普通的结婚生活，在女性都含有屈辱性与依赖性。在现今，这屈辱与依赖，与阶级的高下却成为反比例。因为，下层阶级的妇女不像太太地可以安居坐食，结果除了做性交机器以外，虽然并不情愿，还须帮同丈夫操作，所以在家庭里的地位较上流或中流的妇女为高。我们到乡野去，随处都可见到合力操作的夫妇，而在都会街上除了在黎明和黄昏见到上工厂去的女工外，日中却触目但见着旗袍穿高跟皮鞋的太太们、姨太太们或候补太太们与候补姨太太们！

　　不消说，下层妇女的结婚在现今也和上流中流阶级的妇女一样，大概不由于恋爱，是由于强迫或卖买的。不，下层妇女的结婚其为强迫的或卖买的，比之上流中流社会更来得露骨。她们虽帮同丈夫在田野或家庭操作，原未必就成米莱的画材。但我相信，如果她们一旦在恋爱上觉醒了，她们的营恋爱生活，要比上流中流的妇女容易得多，基础牢固得多。不管上流中流的女性识得字，能读恋爱论，能谈恋爱，能讲社交。

　　但看娜拉吧，娜拉是近代妇女觉醒第一声的刺激，凡是新女子差不多都以娜拉自命着。但我们试看未觉醒以前的娜拉是怎样？她购买圣诞节的物品超过了预算，丈夫赫尔茂责她：

　　"这样浪费是不行的！"

　　"真真有限哩，不行？你不是立刻就可以有大收入了吗？"

　　"那要新年才开始，现在还未哩！"

　　"不要紧，到要时不是再可以借的吗？"

"你真太不留意！如果今日借了一千法郎在圣诞节这几日中用尽了，到新年的第一日，屋顶跌下一块瓦来，落在我头上把我磕死了……"

"不要说这种吓死人的不祥语。"

"喏，万一真有了这样的事，那时怎样？"

赫尔茂这样诘问下去，娜拉也终于弄到悄然无言了。赫尔茂倒不忍起来，重新取出钱来讨她的好，于是娜拉也就在"我的小鸟"咧，"小栗鼠"咧的玩弄的爱呼声中，继续那平凡而安乐的家庭生活。这就是觉醒前的娜拉的正体。及觉醒了，出家了，剧也就此终结。娜拉出家以后的情形，是值得我们思索的。于是"娜拉仍回来吗"终于成了有趣味的一个问题。鲁迅先生曾有过一篇《娜拉走后怎样》的文字。

觉醒后的娜拉，我们不知道其生活怎样，至于觉醒以前的娜拉，我们在上流中流的家庭中，在都会的街路上都可见到的。现在的上流中流阶级，本是消费的阶级，而上流中流阶级的女性，更是消费阶级中的消费者。她们喜虚荣，思享乐。她们未觉醒的，不消说正在做"小鸟"做"栗鼠"，觉醒的呢，也和觉醒后的娜拉一样，向哪里走，还成为一个问题，还是一个费人猜度的谜。

上流中流阶级的女性，物质的地位无论怎样优越，其人格的地位实远逊于下层阶级的女性，而其生活亦实在惨淡。她们常被文学家摄入作品里作为文学的悲惨题材。《娜拉》不必说了，此外如莫泊三的《一生》，如勿罗倍尔的《波华荔夫人》，如托尔斯泰的《安娜·卡列尼那》等都是。莫泊三在《一生》所描写的是一个因了愚蠢兽欲的丈夫虚度了一生的女性，勿罗倍尔的《波华荔夫人》与托尔斯泰的《安娜·卡列尼那》，其女主人公都是因追逐不义的享乐的恋爱而陷入自杀的末路的。她们的自杀，不是壮烈的为情而死的自杀，只是一种惭愧的忏悔的做人不来了的自杀。前者固不能恋爱，后二者的恋爱，也不是有底力的光明可贵的恋爱。只是一种以官能的享乐为目的的奸通而已。而她们都是安居于生活无忧的境遇里的女性。

在中国的历史上，有一对我所佩服的恋爱男女，就是司马相如与卓文君。我不佩服他们别的，佩服他们的能以贵族出身而开酒店，男的著犊鼻裤，女的当垆。（虽然有人解释，他们的行为，是想骗女家的钱。）我相信，男女要有这样刻苦的决心，然后可谈恋爱，特别地在女性。女性要在恋爱上有自由，有保障，非用了劳动去换不可。未入恋爱未结婚的女性，因了有劳动能力，才可以排除种种生活上的荆棘踏入恋爱的途程，已有了恋爱对手的女性，也因了有劳动的能力，作现在或将来的保证。有了劳动自活的能力，然后对己可有真正恋爱不是卖淫的自信。

我所谓劳动者，并非定要像《晚钟》中的耕作或文君的当垆。凡是有益于社会的工作，不论是劳心的劳力的都可以。家政、育儿当然也在其内。在这里所当继起考察的就是妇女职业问题了。

妇女的职业，其成为问题，实在机械工业勃兴家庭工业破坏以后。工业革命以来，下层阶级的农家妇女或可仍有工作，至于中流以上的妇女，除了从来的家庭杂务以外，已无可做的工作。家庭杂务原是少不来的工作，尤其是育儿，在女性应该自诩的神圣的工作，可是家庭琐务是不生产的，因此在经济上，女性在两性间的正当的分业不被男性所承认，女性仅被认为男性的附赘物，女性亦不得不以附赘物自居，积久遂在精神上养成了依赖的习性，在境遇上落到屈辱的地位。

要想从这种屈辱解放，近代思想家指出着绝端相反的两条路：一是教女性直接去从事家事育儿以外的劳动，与男性作经济的对抗；一是教女性自信家事育儿的神圣，高调母性，使男性及社会在经济以外承认女性的价值。主张前者的是纪尔曼夫人，主张后者的是托尔斯泰与爱伦凯。

这两条绝端相反的道路，教女性走哪一条呢？真理往往在两极端中，能两者调和而不冲突，不消说是理想的了。近代职业有着破坏家庭的性质，无可讳言，但因了职业的种类与制度的改善，也未始不可补救于万一。妇女职业的范围，应该从种种方向扩大，而关于妇女职业的制度，尤须大大地改善。因为，职业的妨害母性，其故实由于职业不适于女性，并非女性不适于职业。现代的职业制度实在大坏，男性尚且有许多地方不能忍受，何况女性呢？现今文明各国已有分娩前后若干周的休工的法令和日间幼儿依托所等的设施了。甚望能以此为起点，逐渐改善。

在都市中每于清晨及黄昏见到成了群提了食筐上工场去的职业妇女，我不禁要为之一蹙额，记起托尔斯泰的叹息过的话来。但见到那正午才梳洗下午出外叉麻雀的太太或姨太太们，见到那向恋人请求补助学费的女学生们，或是见到那被丈夫遗弃了就走投无路的妇人们，更觉得愤慨，转暗暗地替职业妇女叫胜利，替职业妇女祝福了。

体力劳动也好，心力劳动也好，家事劳动也好，在与母性无冲突的家外劳动也好。"不劳动者不得食"原是男女应该共守的原则，我对于女性，敢再妄补一句："不劳动者不得爱！"

美国女作家阿利符修拉伊娜在其所著的书里有这样的一章：

> 我曾见到一个睡着的女性，人生到了她的枕旁，两手各执着赠物。一手所执的是"爱"，一手所执的是"自由"。叫女性自择一种。她想了许多时候，选了"自由"。于是人生说："很好，你选了'自由'了。如果你说要取'爱'，那我就把'爱'给了你，立刻走开永久不来了。可是，你却选了'自由'，所以我还要重来，到重来的时候，要把两种赠物一齐带给你哩！"我听见她在睡中笑。

要爱，须先获得自由。女性在奴隶的境遇之中，决无真爱可言。这原则原可从种种方面考察，不但物质的生活如此。女性要在物质的生活上脱去奴隶的境遇，获求自由，劳动实是唯一的手段。

爱与劳动的一致融合，真是希望的。男女都应以此为理想，这里只侧重于女性罢了。我希望有这么一天：女性能物质地不作男性的奴隶，在两性的爱上，划尽那寄食的不良分子，实现出男女协同的生产与文化。

对了《晚钟》，忽然联想到这种种。《晚钟》作于一八五九年。去今已快七十年了。近代劳动情形，大异从前，米莱又是一个农民画家，偏写当时乡村生活的，要叫现今男女都作《晚钟》

的画中人，原是不能够的事。但当作爱与劳动融合一致的象征，是可以千古不朽的。

（原载于1928年《新女性》第三卷第八号）

知识阶级的运命

一

近来阶级意识猛然抬头，有种种的阶级的名称，其中一种叫做知识阶级。

知识阶级是什么？如果依照了唯物的社会主义论者的口吻来说，世间只有"勃尔乔"与"普洛列太里亚"两种阶级，别没有什么可谓知识阶级了的。我国古来分人为四种，叫做"士农工商"，知识阶级，似乎就是古来的所谓士，但古来的士，人数不多，向未成为一阶级，并且，古代封建制度倒坏已久，现在要想依照士的地位来生活，断不可能。任凭你讨老婆用"士婚礼"，父母死了用"士丧礼"，父亲根本地不是大夫，你也没有世禄，将如何呢？

知识阶级的正体，实近于幽灵，难以捉摸。说他是无产者呢，其中却有每小时十元出入汽车的大学教授、展览会中一幅油画要售数千金（虽然大家买不起，从无销路）的画家、出洋回国挂博士招牌的学者。说他是资本家呢，其中又有月薪十元不足的小学教师、被人奴畜的公署书记、每几字售一个铜板的文丐。知识阶级之中，实有表层、中层与底层之别。同一教育者，大学教授（野鸡大学当然不在其内）是上层，小学教师是下层；同一文人，月收版税数千元或数百元的是上层，每千字售二三元的是下层。上层的近于资本家或正是资本家，下层的近于无产阶级或正是无产阶级。

就广义言，不管上层与下层都可谓之知识阶级，就狭义言，所谓知识阶级者实仅指下层的近于无产阶级或正是无产阶级的人们。因为在上层的人数不多，并不足形成一阶级的。

为划清范围计，姑且下一个知识阶级的定义如下。

所谓知识阶级者，是曾受相当教育，较一般俗人有学识趣味与一艺之长的人们，学校教员、牧师、画家、医师、新闻记者、公署职员、文士、工场技师，都是这类的人物，现在中学以上的学生，就是其候补者。

二

"儒冠误人"，知识阶级的失意，原是古已有之的事。可是古来知识阶级究曾有过优越的地位，"万般皆下品，唯有读书高"，太远的事且不谈，二十年以前，秀才到法庭，就无须下跪，可以不打屁股的。光绪中叶，"洋务"大兴，科举初废，替以学堂，略谙ABCD粗知加减乘除，就可睥睨一世自诩不凡，群众视留学生如神人，速成科出身的留学生，升官发财，爬上资本家的地位者尽多。当时知识阶级（其实有许多是无知阶级）的被优遇，真是千载一时的了。"重赏之下，必有勇夫"，于是学校渐以林立，做父兄的不惜负了债卖了产令子弟求学，预备收一本万利之效，做子弟的亦鄙农工商而不为，鲫鱼也似的奔向中学或大学去，官立学校容不下了，遂有许多教育商人出来开设许多商店式的中学或大学，三年以前，只上海一区，就有大学三十八所，每逢星期，路上触目可见到着皮鞋洋服挂自来水笔的学生。懿欤盛矣！

但世间好事是无常的，知识阶级的所以受欢迎，实由于数目的稀少，金刚石原是贵重的东西，如果随处随时产出，就要不值世人一顾了。全国教育诚不能算已发达，中等以上的毕业生，年年产数当不在少数，单就上海一隅说，专门或大学毕业生可得几千。全国合计，应有几万吧。这每年几万的知识阶级，他们到哪里去呢？有钱有势的不消说会出洋，出洋最初是到日本，十五年前流行的是到美国，现在则一致赴法兰西了。出洋诸君一切问题尚在成了博士回国以后，暂且搁在一边，当前所要考察的是无力镀金，留在本国的诸君的问题。

不论是习农的习商的习工的或是习什么的，在中国现今，知识阶级的出路，只有两条康庄大道，一是从政，一是教书。不信，但看事实！中国已有不少的农科毕业生了，试问全国有若干区的农场？已有不少的工科毕业生了，试问够得上近代工业的工厂有几处？至于商业，原是中国人素所自豪的行业，但试问公司银行中的店员，是经理、股东的亲戚本家多呢，还是商科毕业生多？于是乎，知识阶级的诸君，只好从政与教书了。从政比较要有手腕，教书比较要有实力，那么无手腕无实力的诸君怎样呢？

友人子恺的《漫画集》中曾有一幅叫做《毕业后》的，画着一西装少年叉手枯坐，壁间悬着大学毕业证书。这虽是近于刻毒的讽刺，但实际上这样画中人恐到处皆是吧。

民十三年上海邮局招考邮务员四十人，应试者逾四千人，我有一个朋友曾毕业于日本东京高师英语部的，亦居然去与试，取录是取录了，还须候补。这位朋友未及补缺，已于去年死了。去年之秋，上海某国立大学招考书记七人，而应试者至百六七十人之多，我曾从做该校教授的朋友某君处看到他们的试卷与相片、履历，文章的过得去不消说，字体的工整、相貌的漂亮，都不愧为知识阶级。其履历有曾从法政专门毕业做过书记官的，有曾在某大学毕业的，有曾在师范学校毕业做过若干年的小学教师的，我那时不禁要叹惋了说："斯文扫地尽矣！"

三

找不着饭碗的知识阶级，其沉沦当然可悯，那么现有着位置的知识阶级，其状况可以乐观了吗？决不，决不！

先试就了现在知识阶级的出路从政与教书来说吧。除了法政学校，学校概无做官的科目，知识阶级的从政，原是牛头不对马嘴、饥不择食的事。大官当然是无望的，有奥援而最漂亮的够得上秘书或科长，其余的幸而八行书有效，也只好屈就为科员或雇员之类。姑不论"等因""准此"工作的无趣味，政潮一动，饭碗亦随而动摇，年前各军政机关的政治部被解散时，几百几千的挂斜皮带的无枪阶级的青年，立时风流云散，弄得不凑巧，有的还要枉受嫌疑，不能保其首领哩！教书比较地工作苦些，地位似也应安稳些，但实际，教育随政潮而变动，结果这里一年，那里半年，也会使你像孔子地"席不暇暖"，还有欠薪咧，风潮咧等类的麻烦。其他，如新闻记者，如书肆编辑，表面上虽都是难得的差强人意的职业，实际却极无聊。百元左右的薪水，已算了不得，在都会生活中要养活一家很是拮据，结果书肆和报馆也许大赚了钱，而记者、编辑先生们却只会一日一日地贫穷下去。

现在中国知识阶级的状况，真是惨澹，实业的不发达、政治的不安，结果各业凋敝，而首当其冲的，就是那附随各业靠月薪过活的知识阶级，无职的谋职难，未结婚的求偶难，有子女的子女教育经费难，替子女谋职业难，难啊难啊，难矣哉，知识阶级的人们！

四

凡是一阶级，必有一阶级的阶级意识，知识阶级的阶级意识是什么？这是值得考察的。

有一次，我去赴朋友的招宴，那朋友是研究艺术的，同座有一位他的亲戚新由投机事业发财的商人。席间那朋友与商人有一段对话。

"你发了财了，预备怎么样？"

"我恨得无钱苦，预备从此也享些福。"

"有了钱就可享福了吗？"

"那自然，可以住好的，着好的，吃好的，要字画，要古董，都可立刻办到。你前次不是叹吴昌硕的画好，可惜买不起吗？"

"我劝你别妄想享福，还是专门去弄钱吧。"

"为什么我不能享福？"

"享福不是容易的事，譬如住，你大概所希望的只是七间三进的大厦吧，那种大厦并不一定好看的。"

"那我会请工程师打样，还要布置一个好好的花园哩！"

"工程师所打的样子，究竟好不好，你要判别也不容易，即使那样子在建筑艺术上本是好的，也得有赏鉴能力的才会赏鉴。你方才说起吴昌硕的画，有钱的原可花几十块钱买一幅挂在屋子里。但在无赏鉴能力的人，无从知道它的妙处好处，只知道值几十块钱而已。那岂不是只要在壁上糊几张钞票就好了吗！"

那朋友这番话说得那新发财的商人俯首无言，我在旁听了暗暗称快，为之浮一大白。同时并想到这就是知识阶级共通的阶级意识。

"长揖傲公卿""彼以其富，我以其仁，彼以其爵，我以其义"，知识阶级的睥睨富贵，自古已然。这血统直流到现在毫无改变。今日的知识阶级一方面因自己尚未入无产阶级，对于体力劳动者有着优越感，一方面又因了自己的知识教养与资本家挑战。"守财奴""俗物"，是知识阶级用以攻击资本家的标语，"穷措大""寒酸"，是资本家用以还攻的标语。

五

这"金力"与"知力"的抗争，究竟孰胜孰负呢？在从前，原是胜负互见，而大众的同情却都注于知力的一方。往昔的传说、小说、戏剧中，以这抗争作了题材而把胜利归诸知力，把金力诅咒者很多。名作如《桃花扇》，通俗本如《珍珠塔》都曾把万斛的同情注于知识阶级的。

可是，现在怎样？

现在是黄金万能的时代了。黄金原是自古高贵的东西，不过，在从前物质文明未发达时，生活上的等差不如现今之甚，有钱的住楼房，无钱的住草舍，有钱的夏天摇有字画的纸扇，无钱的摇蒲扇，一样有住，一样得凉，虽相差而不甚远，所以穷人还有穷标可发。现在是，有钱的住高大洋房，无钱的困水门汀了；有钱的坐汽车兜风，房子里装冷气管，无钱的汗流浃背地拉黄包车，连摇蒲扇的余暇都没有了。有钱者如彼，无钱者如此，见了钱怎不低头呢！知识阶级虽无钱，但尚未堕入无产的体力劳动者队里去，一方恐失足为体力劳动者，一方又妄思借了什么机会，一跃而为准资本家，于是转辗挣扎，不得不终年在苦闷之中。他们要顾体面，要保持威严，体力不如劳动者，职业又不如劳动者的易得，真是进退维谷的可怜的动物。

因此，知力对金力的争抗，阵容不得不改变了。所谓"士气"，已逐渐消失，我那朋友对那新发财的商人的态度，原是知识阶级以知力屈服金力的千古秘传，可是在现在究只是无谓的豪语而已。画家的画，无论怎样名贵，有购买力的是富人，文学者的作品如不迎合社会一般心理，虽杰作亦徒然。所以，在现在，一切知识阶级都已屈服于金力之下，一字不识的军阀，可以使人执笔打四六文的电报，胸无半点丘壑的俗物，可以令人布置幽胜的亭园，文士与亭园意匠师，同时亦不得不殉了"金力"的要求，昧了良心把其主张和艺术观改换面目。

现在的理想人物，不是名流，不是学者，是富人。官僚的被尊敬，并不因其是官僚，实因其是未来的富人。知识阶级的上层的所谓博士之类，其所以受社会崇拜，并不因其学问渊博，实因其本是富人（穷人是断不会成博士的）或将来有成富人的希望。如果叫《桃花扇》《珍珠塔》等的作者在现在，再写起作品来，恐亦不会抹杀了事实，作一厢情愿的老格套，把美丽的女主人公嫁给名流或穷措大了。不信，但见当世漂亮的小姐们的趋向！

六

　　知识阶级的地位已堕落至此，他们将何以自救呢？他们曾"武装起来"了吗？他们的武器是什么？

　　他们不如资本家的有金力，又不如劳动者的有暴力，他们的武器有二，一是笔，一是口。他们的战略，只是宣传。"处士横议"，孟子也曾畏惧他们的战略，秦始皇至于用了全力来对付他们，似乎很是可怕的东西。但当时之所谓士者，性质单纯，不如现今知识阶级分子的复杂，当时的金力也不如今日之有威严，今日的知识阶级，欲其作一致的宣传，是不可能的，一方贴标语呼口号要打倒谁，一方却在反对地贴标语呼口号要拥护谁，正负相消，结果虽不等于零，效用也就无几。并且，知识阶级无论替任何阶级宣传，个人也许得一时的好处，对于其阶级本身，往往不但无益而且有损的。例如五四以后，知识阶级替劳动者宣传，所谓"劳动运动"者就是。但其实，那不是"劳动运动"，是"运动劳动"，如果有一日劳动者真觉醒了，真正的"劳动运动"实现以后，知识阶级的地位怎样？不消说是愈不堪的。我并不劝人别作劳动运动，利害自利害，事实自事实，无法讳饰的。左倾的宣传得不到好处，那么作右倾的宣传如何？知识阶级已成了金力的奴隶，再作右倾的宣传，金力的暴威将愈咄咄逼来，当然更是不利于其阶级本身的了。

知识阶级有其阶级意识，确是一个阶级，而其战斗力的薄弱，实是可惊。他们上层的大概右倾，下层的大概左倾，右倾的不必说，左倾的也无实力。他们决不能与任何阶级反抗，只好献媚于别阶级，把秋波向左送或向右送，以苟延其残喘而已。他们要待其子或孙，堕入体力劳动者时才脱离这境界，但到那时，他们的阶级，也已早不存在了。

七

如果有人问知识阶级何以有此厄运？我回答说："这是他们的运命！"不但中国如此，全世界都如此。法学士的充当警察，是日本所常有的。

友人章克标君新近以其所译莫泊三的《水上》见赠，其中有一处描写律师或公署的书记的苦况的。摘录数节于下。

> 啊！自由！自由！唯一的幸福，唯一的希望，唯一的梦幻，在一切可怜的存在中，在一切种类的个人中，在一切阶级的劳工中，在为了每日的生活而恶战苦斗的人们之中，这一类人是最可叹了，是最受不到天惠的了。
> …………
> 他们下过学问上的工夫，他们也懂得些法律，他们也许保有学士的头衔。
> 我曾经怎样地切爱过Jules Vallès的奉献之词：
> "献呈给一切受了拉丁希腊的教养而饿死的人。"

晓得那些可怜的人们的收入么？每年八百乃至一千五百法郎！

靠阴暗的辩护士办公室的佣人，广大的公署中的雇员，啊，你们每朝不得不在那可怕的牢狱之门上，读但丁（Dante）的名句：

"舍去一切的希望，你们，进来的人啊！"

第一次进这门的时候，只有二十岁，留在这里，等到六十岁或在以上，这长期间的生活，毫无一点变动，全生涯始终一样，在一只堆满绿色纸夹的桌子，昏暗的桌子边过去了。他们进来，是在前程远大的青年时代。出去的时候，老到近于要死了。我们一生中所造作的一切，追忆的材料、意外的事件、欢喜或悲哀的恋爱、冒险的旅行，一切自由生涯中所遭际的，这一类囚人都不知道的。

这虽是描写书记的，但对于大部分的知识阶级，如学校教师，如新闻记者，如书肆编辑，如官署僚友等，不是都也可照样移赠了吗？

现在或未来的知识阶级诸君啊，珍重！

（原载于1928年《一般》第五卷第一号）

《给青年的十二封信》序

这十二封信是朱孟实先生从海外寄来，分期在我们同人杂志《一般》上登载过的。《一般》的目的原思以一般人为对象，从实际生活出发来介绍些学术思想。数年以来，同人都曾依了这目标分头努力。可是如今看来，最好的收获第一要算这十二封信。

这十二封信以中学程度的青年为对象，并未曾指定某一受信人的姓名，只要是中学程度的青年，就谁都是受信人，谁都应该读一读这十二封信。这十二封信，实是作者远从海外送给国内青年的很好的礼物。作者曾在国内担任中等教师有年，他那笃热的情感、温文的态度、丰富的学殖，无一不使和他接近的青年感服。他的赴欧洲，目的也就在谋中等教育的改进。作者实是一个终身愿与青年为友的志士。信中首称"朋友"，末署"你的朋友光潜"，在深知作者的性行的我看来，这称呼是笼有真实的情感的，决不只是通常的习用套语。

各信以青年们所正在关心或应该关心的事项为话题，作者虽随了各话题抒述其意见，统观全体，却似乎也有个一贯的出发点可寻，就是劝青年眼光要深沉，要从根本上做功夫，要顾到自己，勿随了世俗图近利。作者用了这态度谈读书，谈作文，谈社会运动，谈恋爱，谈升学选科等等。无论在哪一封信上，字里行间，都可看出这忠告来。就中如在《谈在露浮尔宫所得的一个感想》一信里，作者且郑重地自把这态度特别标出来了说："假如我的十二封信对于现代青年能发生毫末的影响，我尤其虔心默祝这封信所宣传的超效率的估定价值的标准能印入个个读者的心孔里去。因为我所知道的学生们、学者们和革命家们，都太贪容易，太浮浅粗疏，太不能深入，太不能耐苦，太类似美国旅行家看孟洛里莎了。"

"超效率！"这话在急于近利的世人看来，也许要惊为太高蹈的论调了。但一味亟亟于效率，结果就会流于浅薄粗疏，无可救药。中国人在全世界是被推为最重实用的民族的，凡事向都怀一个极近视的目标：娶妻是为了生子，养儿是为了防老，行善是为了福报，读书是为了做官，不称入基督教的为基督教信者而称为"吃基督教的"，不称投身国事的军士为军人而称他为"吃粮的"，流弊所至，在中国，什么都只是吃饭的工具，什么都实用；因之，就什么都浅薄。

试就学校教育的现状看吧：坏的呢，教师目的但在地位薪水，学生目的但在文凭资格；较好的呢，教师想把学生嵌入某种预定的铸型去，学生想怎样揣摩世尚毕业后去问世谋事。在真正的教育面前，总之都免不掉浅薄粗疏。效率原是要顾的，但只顾效率究竟是蠢事。青年为国家社会的生力军，如果不从根本上培养能力，凡事近视，贪浮浅的近利，一味袭蹈时下陋习，结果纵不至于"一蟹不如一蟹"，亦只是一蟹仍如一蟹而已。国家社会还有什么希望可说。

"太贪容易，太浮浅粗疏，太不能深入，太不能耐苦"，作者对于现代青年的毛病，曾这样慨乎言之。征之现状，不禁同感。作者去国已好几年了，依据消息，尚能分明地记得起青年的病像，则青年的受病之重，也就可知。

这十二封信啊，愿你对于现在的青年，有些力量！

（原载于1929年开明书店版《给青年的十二封信》）

关于《倪焕之》

圣陶以从《教育杂志》上拆订的《倪焕之》见示，叫我为之校读并写些什么在上面。

圣陶的小说，我所读过的原不甚多，但至少三分之一是过目了的。记得大部分是短篇，题材最多的是关于儿童及家庭的琐事。这次却居然以如此的广大的事象为题材写如此的长篇了。在作者的文艺生活上，《倪焕之》实是划一时代的东西。

题材的琐屑与广大，在纯粹的艺术的见地看来，原是不成问题的事，艺术的生命不在题材的大小上而在表现的确度上。文艺彻头彻尾是表现的事。最要紧的是时代与空气的表现。经过"五四""五卅"一直到这次的革命，这十数年是中国历史上空前的大时代，我们游泳于这大时代的空气之中，甜酸苦辣，虽因人因时不同，而且也许和实际的甜酸苦辣的味觉一样是说不明白的东西，一种特别的情味，是受到了的，谁也无法避免这命定地时代空气的口味。照理在文艺作品上随处都能尝得出这情味来，文艺作品至少也要如此才觉得亲切有味。可是合乎这资格的文艺创作，却不多见。所见到的只是千篇一律的恋爱谈，或宣传品式的纯概念的革命论而已。在这样的国内文艺界里，突然见了全力描写时代的《倪焕之》，真足使人眼光为之一新。故《倪焕之》

不但在作者的文艺生活上是划一时代的东西，在国内的文坛上也可以说是划一时代的东西。

《倪焕之》中所描写的，是五四前后到最近革命十余年间中流社会知识阶级思想行动变迁的径路，其中重要的有革命的倪焕之、王乐山，有土豪劣绅的蒋士镳，有不管闲事的金树伯，有怯弱的空想家蒋冰如，女性则有小姐太太式的金佩璋与崭新的密司殷。作者叫这许多人来在舞台上扮演十余年来的世态人情，复于其旁放射各时期特有的彩光，于其背后悬上各时期特有的背景，于是十余年来中国的教育界的状况、乡村都会的情形、家庭的风波、革命前后的动摇，遂如实在纸上现出，一切都逼真，一切都活跃有生气。使我们读了但觉得其中的人物，都是旧识者或竟是自己，其中的行动言语，都是曾闻到见到过的或竟是自己的行动言语。

评价一篇小说，不该因了题材来定区别。因《倪焕之》中写教育的事，说它是教育小说，原不妥当；因《倪焕之》中写着革命的事，就说它是革命小说，也同样地不妥当。至于因主人公倪焕之的革命见解不彻底，就说这小说无价值，更不妥当。作家所描写的是事实，责任但在表现的确否。事实如此，有什么话可说呢？作者似深知道了这些，在《倪焕之》中，通常的所谓事实的有价值与无价值，不曾歧视，至少在笔端是不分高下的。试看，他描写乡村间的灯会的情况，用力不亚于描写南京路上的惨案和革命当时的盛况。《倪焕之》虽取着革命的题材，而不流于浅薄的宣传的作物者，其故在此。

只要与作者相识的，谁都知道他是一个中心热烈而表面冷静默然寡言笑的人吧。中心热烈，表面冷静，这貌似矛盾的二性格是文艺创作上重要素地，因为要热烈才会有创作的动因，要冷静才能看得清一切。《倪焕之》的成功，大半是作者性格使然，就是这性格的流露。"文如其人"，这句话原是对的。

关于《倪焕之》，茅盾君曾写过长篇的评论，我的话也原可就此告结束了。不过，作者曾要求我指出作中的疵病，而且要求得很诚切。我为作者的虚心所动，于第一次阅读时，在文字上也曾不客气地贡献过一二小意见，作者皆欣然承诺，在改排时修改过了。此外，茅盾君所指摘的各节也是我所同感的。这回就重排的清样重读，觉得尚有可商量的地方，率性提了出来，供作者和读者的参考。

如前所说，文艺彻头彻尾是表现的事。所谓表现者，意思就是要具体地描写，一切抽象的叙述和疏说，是不但无益于表现而反足使表现的全体受害的。作者在作品中，随处有可令人佩服的描写，很收着表现的效果。随举数例来看：

> 焕之抢着铺叠被褥，被褥新浆洗，带着太阳光的甘味，嗅到时立刻想起为这些事辛劳的母亲，当晚一定要写封信给她。（第五六页）

> 在初明的昏黄的电灯光下，他们两个各自把着一个酒壶，谈了一阵，便端起酒杯呷一口。话题当然脱不了近局；攻战的情势、民众的向背，在叙述中间夹杂着议论地谈说着。随后焕之讲到了在这地方努力的人，感情渐趋兴奋；虽然声音并不高，却个个字挟着活跃的力，像平静的小溪涧

中， 喷溢着一股滚烫的沸泉。（第三四二页）

前者写游子初到任地的光景，后者写革命军快到时党人与其旧友在酒楼上谈话的情形，都很具体地有生气。诸如此类的例，一拾即是。读者可以随处自己发见这类有效果的描写。无论在作者的作品之中，无论在当代文坛上作品之中，《倪焕之》恐怕要推为描写力最旺盛的一篇了吧。

但如果许我吹毛求疵的话，则有数处却仍流于空泛的疏说的。例如第四零一页中，写倪焕之感到幻灭了每日跑酒肆的时候：

> 这就皈依到酒的座下来。酒，欢快的人因了它更增欢快，寻常的人因了它得到消遣；而烦闷的人也可以因了它接近安慰与奋兴的道路。

这种文字，我以为是等于蛇足的东西，不十分会有表现的效果的。最甚的是第二十章。这章述五四后思想界的大势，几乎全体是抽象的疏说，觉得于全体甚不调和。不知作者以为何如？

我的指摘，只是我个人的僻见，即使作者和读者都承认，也只是表现的技巧上的小问题。至于《倪焕之》，是决不会因此减损其价值的。《倪焕之》实不愧茅盾君所称的"扛鼎"的工作。

（原载于1929年开明书店版《倪焕之》）

《中学生》发刊辞

中等教育为高等教育的预备，同时又为初等教育的延长，本身原已够复杂了。自学制改革以后，中学含义更广，于是遂愈增加复杂性。

合数十万年龄悬殊趋向各异的男女青年于含混的"中学生"一名词之下，而除学校本身以外，未闻有人从旁关心于其近况与前途，一任其徬徨于分叉的歧路，饥渴于寥廓的荒原，这不可谓非国内的一件怪事和憾事了。

我们是有感于此而奋起的。愿借本志对全国数十万的中学生诸君，有所贡献。本志的使命是：替中学生诸君补校课的不足；供给多方的趣味与知识；指导前途；解答疑问；且作便利的发表机关。

啼声新试，头角何如？今当诞生之辰，敢望大家乐于养护，给以祝福！

（原载于1930年《中学生》创刊号）

《鸟与文学》序

　　壁上挂一把拉皮黄调的胡琴与悬一张破旧的无弦古琴，主人的胸中的情调是大不相同的。一盆芬芳的蔷薇与一枝枯瘦的梅花，在普通文人的心目中，也会有雅俗之分。这事实可用民族对于事物的文学历史的多寡而说明。琴在中国已有很浓厚的文学背景，普通人见了琴就会引起种种联想，胡琴虽时下流行，但在近人的咏物诗以外却举不出文学上的故事或传说来，所以不能为联想的原素。蔷薇在西洋原是有长久的文学的背景的，在中国，究不能与梅花并列。如果把梅花放在西洋的文人面前，其感兴也当然不及蔷薇的吧。

　　文学不能无所缘，文学所缘的东西，在自然现象中要算草、虫、鸟为最普通。孔子举读诗的益处，其一种就是说"多识乎鸟兽草木之名"。试翻《毛诗》来看，第一首《关雎》，是以鸟为缘的，第二首《葛覃》是以草木为缘的。民族各以其常见的事物为对象，发为歌咏或编成传说，经过多人的歌咏及普遍的传说以后，那事物就在民族的血脉中，遗下某种情调，呈出一种特有的观感。这些情调与观感，足以长久地作为酵素，来温暖润泽民族的心情。日本人对于樱的情调、中国人对于鹤的趣味，都是他民族所不能翻译共喻的。

　　事物的文学背景愈丰富，愈足以温暖润泽人的心情，反之，如果对于某事物毫不知道其往昔的文献或典故，就会兴味索然。故对于某事物关联地来灌输些文学上的文献或典故，使对于某事物得扩张其趣味，也是青年教育上一件要务。祖璋的《鸟与文学》，在这意义上，不失为有价值的书。

　　小泉八云（Lafcadio Hearn）曾著了一部有名的《虫的文学》，把日本的虫的故事与诗歌和西洋的关于虫的文献比较研究过。我在往时读了很感兴趣。现在读祖璋此书，有许多地方，令我记起读《虫的文学》的印象来。

　　　　　　　　　　（原载于1931年开明书店版《鸟与文学》）

致文学青年

××君：

承你认我为朋友，屡次以所写的诗与小说见示，这回又以终身职业的方向和我商量。我虽爱好文学，但自惭于文学毫无研究，对于你屡次寄来的写作，除于业务余暇披读，遇有意见时复你数行外，并不曾有什么贡献你过，你有时有信来，我也不能一一作复。可是这次却似乎非复你不可了。

你来书说："此次暑假在××中学毕业后，拟不升学，专心研究文学，靠文学生活。"壮哉此志！但我以为你的预定的方针大有须商量的地方。如果许我老实不客气地说，这是一种青年的空想，是所谓"一厢情愿"的事。你怀抱着如此壮志，对于我这话也许会感到头上浇冷水似的不快吧，但你既认我为朋友，把终身方向和我商量，我不能违了自己的良心，把要说的话藏匿起来，别用恭维的口吻来向你敷衍，讨好一时。

你爱好文学，有志写作，这是好的。你的趣味，至少比一般纨绔子弟的学漂亮、打牌、抽烟、嫖妓等等的趣味要好得多，文学实不曾害了你。你说高中毕业后拟不再升大学，只要你毕业后，肯降身去就别的职业，而又有职业可就，我也赞成。现在的大学教育，本身空虚得很。学费、膳费、书籍费、恋爱费（这是我近来新从某大学生口中听到的名词）等等耗费很大，不升大学，也就罢了，人这东西，本来不必一定要手执大学文凭的。爱好文学，有志写作，不升大学，我都觉得没有什么不可，唯对于你的想靠文学生活的方针，却大大地不以为然。

靠文学生活，换句话说，就是卖字吃饭。（从来曾有人靠书法吃饭的，叫做"卖大字"，现在卖文为活的人可以说是"卖小字"的。）卖字吃饭的职业（除钞胥外）古来未曾有过。因文字上有与众不同的伎俩，因而得官或被任为幕府或清客之类的事例，原很多很多，但直接靠文学过活的职业家，在从前却难找出例子来。杜甫、李白不曾直接卖过诗，左思作赋，洛阳纸贵，当时洛阳的纸店老板也许得了好处，左思自己是半文不曾到手的。至于近代，似乎有靠文学吃饭的人了。可是按之实际，这样职业者极少极少，且最初都别有职业，生活资粮都靠职业维持，文学生活只是副业之一而已。这种人一壁从事职业，或在学校教书，或入书店、报馆为编辑人，一壁则钻研文学，翻译或写作。他们时常发表，等到在文学方面因了稿费或版税可以维持生活了，这才辞去职业，来专门从事文学。举例说吧，鲁迅氏最初教书，后来一壁教书一壁在教育部做官，数年前才脱去其他职务，他的创作，大半在教书与做官时成就的。周作人氏至今还在教书。再说外国，俄国高尔基经过各种劳苦的生涯，他做过制图所的徒弟，做过船上的仆欧，做过肩贩者、挑夫。柴霍甫做过多年的医生，易卜生做过七年的药铺伙计，威尔斯以前是新闻记者。从青年就以文学家自命想挂起卖字招牌来维持生活的人，文学史中差不多找不出一个。

你爱好文学，我不反对。你想依文学为生活，在将来也许可能，你不妨以此为理想。至于现在就想不作别事，挂了卖字招牌，自认为职业的文人，我觉得很是危险。卖文是一种"商行为"，在这行为之下，文字就成了一种的商品。文字既是商品，当然也有牌子新老、货色优劣之别，也有市面景气与不景气之分。并且，文学的商品与别的商品性质又有不同，文字的成色原也有相当测度的标准，可是究不若其他商品的正确。文字的销路的好坏，多少还要看世人口胃的合否。如果有人和你订约，叫你写什么种类的东西，或翻译什么书，那是所谓定货，且不去管它。至于你自己写成的东西，小说也好，诗也好，剧本也好，并非就能换得生活资料的。想以此为活，实在是靠不住的事。

你的写作，我已见过不少，就文字论原是很有希望的，但我不敢断定你将来一定能靠文学来生活自己，至少不敢保障你在中学毕业后就能靠卖字吃饭养家。最好的方法是暂时不要以文学专门者自居，别谋职业，一壁继续钻研文学，有所写作，则于自娱以外，不妨试行投稿。要把文学当作终身的事业，切勿轻率地以文学为终身的职业。

鄙见如此，不知你以为何如？

（原载于1931年《中学生》第十五号）

我的中学生时代

　　中学校时代，在年龄上是指十三四岁至十八九岁的一段的。我今年四十六岁，我的中学校时代已是三十年以前的事了。那时正是由科举过渡到学校的当儿，学校未兴，私塾是唯一的学校。我自幼也从塾师读经书，学八股，考秀才，后来且考举人。及科举全废的前两三年，然后改进学校，可是却未曾在什么学校里毕过业，未曾得过卒业文凭。

　　我上代是经商的，父亲却是个秀才。在十岁以前，祖父的事业未倒，家境很不坏，兄弟五人中据说我在八字上可以读书，于是祖父与父亲都期望我将来中举人点翰林，光大门楣，不预备叫我去学生意。在我家坐馆的先生也另眼相看，我所读的功课是和我的兄弟们不同的。他们读毕四书，就读些《幼学琼林》和尺牍书类，而我却非读《左传》《诗经》《礼记》等等不可。他们不必做八股文，而我却非做八股文不可。因为我是要预备将来做读书人的。

　　十六岁那年我考得了秀才，以后不久，八股即废，改"以策论取士"。八股在戊戌政变时曾废过，不数月即恢复，至是时乃真废了。这改革使全国的读书人大起恐慌，当时的读书人大都是一味靠八股吃饭的，他们平日朝夕所读的是八股，案头所列的是闱墨或试帖诗，经史向不研究，"时务"更所茫然。我虽八股的积习未深，不曾感到很大的不平，但要从师，也无师可从，只是把《大题文府》等类搁起，换些《东莱博议》《读通鉴论》《古文观止》之类的东西来读，把白折纸废去，临摹碑帖，再把当时唯一的算术书《笔算数学》买来自修而已。

那时我家里的境况已大不如从前了。最初是祖父的事业失败，不久祖父即去世。父亲是少爷出身，舒服惯了的。兄弟们为家境所迫，都托亲友介绍，提早作商店学徒去了。五间三进的宽大而贫乏的家里，除了母亲和一个嫂子，就剩了父子两个老小秀才。父亲的书箱里，八股文以外，有一部《史记》、一部《前后汉书》、一部《韩昌黎集》、一部《唐诗三百首》、一部《通鉴纲目》、一部《文选》、一部《聊斋志异》、一部《红楼梦》、一部《西厢记》、一部《经策通纂》、一部《皇清经解》，还有几种唐人的碑帖，与《桐荫论画》等论书画的东西。父子把这些书作长日的消遣，父亲爱写字、种花、整洁居室，室里干净清静得如庵院一般。这样地过了约莫一年。

亲戚中从上海回来的，都来劝读外国书（即现在的所谓进学校）。当时内地无学校，要读外国书只有到上海。据说：上海最有名的是梵王渡（即现在的圣约翰大学），如果在那里毕业，包定有饭吃。父母也觉得科举快将全废，长此下去究不是事，于是就叫我到上海去读外国书。当时读外国书的地方也并不多。外国人立的只有梵王渡、震旦与中西书院，中国人立的只有南洋公学。我是去读外国书的，当然要进外国人的学校。震旦是读法文的，梵王渡据说程度较高，要读过几年英文的才能进去，中西书院（即现在东吴大学的前身）入学比较容易些。我于是就进中西书院。

那时生活程度还甚低，可是学费却已并不便宜，中西书院每半年记得要缴费四十八元。家中境况已甚拮据，我的第一次半年的学费，还是母亲把首饰变卖了给我的。我与便友同伴到了上海，由大哥送我入中西书院。那时我年十七。

中西书院分为六年（？）毕业，初等科三年，高等科三年，此外还有特科若干年。我当然进初等科。那时功课不限定年级，是依学生的程度定的。英文是甲班的，算学如果有些根柢就可入乙班，国文好的可以入丙班。我英文初读，入甲班，最初读的是《华英初阶》，算学乙班，读《笔算数学》，国文，甲班。其余各科也参差不齐，记不清楚了。各种学科中，最被人看不起的是国文，上课与否可以随便，最注重的是英文。时间表很简单，每日上午全读英文，下午第一时板定是算学，其余各科则配搭在数学以后。监院（即校长）是美国人潘慎文，教习有史拜言、谢鸿赍等。同学一百多人，大多数是包车接送的富者之子，间有贫寒子弟，则系基督教徒，受有教会补助，读书不用花钱的。我的同学中，很有许多现今知名之士。记得名律师丁榕、经济大家马寅初，都是我的先辈的同学。

中西书院门禁森严，除通学生外，非得保证人来信不能出大门一步，并且星期日不能告假（因为要做礼拜），情形几等于现在的旧式女学校。告假限在星期六下午。我的保证人是我的大哥，他在商店做事，每月只来带我出去一次，有时他自己有事，也就不来领我。我在那里几乎等于笼鸟。尤其是礼拜日逃不掉做礼拜觉得很苦。

礼拜真真多极。每日上课前要做礼拜，星期三晚上要做礼拜，星期日早晨要做礼拜，晚上又要做礼拜。每次礼拜有舍监来各房间查察，非去不可。每日早晨的礼拜约需三十分钟，其余的都要费一小时以上。唱赞美歌、祷告、讲经，厌倦非凡。这种麻烦，如果叫现今每周只做一次纪念周犹嫌费事的学生诸君去尝，不知能否忍耐呢。

读了一学期，学费无法继续，于是只好仍旧在家里，用《华英进阶》、《华英字典》（这是中国第一部英文字典，商务出版）、《代数备旨》等书自修。另外再作些策论《四书义》，请邑中的老先生评阅。秋间再去考乡试。举人当然无望，却从临时书肆（当时平日书店很少，一至考试时，试院附近临时书店如林）买了严译《原富》《天演论》等书回来，莫名其妙地翻阅。又因排满之呼声已起，我也向朋友那里借了《新民丛报》等来看，由是对于明末清初的故事与文章很有兴味，《明季稗史》《明夷待访录》《吴梅村集》《虞初新志》等书都是我所耽读的。

十八岁那年，因了一位朋友的劝告，同到绍兴府学堂（即现在浙江第五中学的前身）入学。在那一二年中内地学堂已成立了不少。当时办学概依奏定学堂章程，学制很划一。县有县学堂，性质为现在的高小程度，府学堂则相当于现在的中学，省学堂相当于大学预科，京师大学堂即现在的所谓大学了。学堂的成立，并无一定顺序，我们绍兴，是先有中学，后有小学的。府学堂学费不收，宿费更不须出，饭费只每月二元光景，并且学校由书院改设，书院制尚未全除，月考成绩若优，还有一元乃至几毛钱的

"膏火"可得（膏火是书院时代的奖金名称，意思是灯油费）。读书不但可以不花钱，而且弄得好还有零用可获得的。

府学堂的科目记得为伦理、经学、国文、英文、史学、舆地、算学、格致（即现在的理化博物）、体操、测绘（用器画与地图），功课亦依程度编级，一如中西书院的办法。我因英文已有每日三点钟半年及在家自修的成绩，居然大出风头，被排在程度顶高的一级里，算学与国文的班次也不低。同学之中年龄老大的很多，班级皆低于我，我于是颇受师友的青眼。

国文是一位王先生教的，选读《皇朝经世文编》，作文题是"范文正公为秀才时便以天下为己任""士先器识而后文艺"之类。经学是徐先生（即刺恩铭的徐烈士）担任的，他叫我们读《公羊传》，上课时大发挥其微言大义。测绘也由这位徐先生担任。体操教师是一位日本人。他不会讲中国话，口令是用日本语的，故于最初就由他教我们几句体操用的日本语，如"立正""向前"之类。伦理教师最奇特，他姓朱，是绍兴有名的理学家，有长长的须髯，走路踱方步，写字仿朱子。他教我们学"洒扫应对""居敬存诚"，还教我舞佾，拿了鸡尾似的劳什子作种种把戏。据他的主张，上课时书应端执在右手，不应挟在腋下，上班退班，都须依照长幼之序"鱼贯而行"，不应作鸟兽散，见先生须作揖，表示敬意。我们虽不以为然，但却不去加以攻击，只以老古董相待罢了。

当时青年界激昂慷慨，充满着蓬勃的朝气，似乎都对于中国怀着相当的期待，不像现在的消沉幻灭。庚子事件经过不久，又当日俄战争，风云恶劣，大家都把一切罪恶归诸满人，以为只要满人推倒，国事就有希望了。《新民丛报》《浙江潮》等杂志大受青年界的欢迎，报纸上的社论也大被注意阅读。那时恋爱尚未成为青年间的问题，出路的关心也不如现在的急切（因为读书人本来不大讲究出路），三四朋友聚谈，动辄就把话题移到革命上去，而所谓革命者，内容就只是排满，并没有现在的复杂。见了留学生从日本回来，没有辫子，恨不得也去留学，可以把辫子剪去（当时普通人是不许剪辫子的）。见了花翎颜色顶子的官吏，就暗中憎恶，以为这是奴隶的装束。卢梭、罗兰夫人、马志尼等都因了《新民丛报》的介绍，在我们的心胸里成了令人神往的理想人物。罗兰夫人的"自由，自由！天下几多罪恶假汝之名以行！"已成了摇笔即来的文章的套语了。

我在这样的空气中过了半年中学生活，第二学期又辍学了。这次的辍学，并非由于拿不出学费，乃是为了要代替父亲坐馆。原来，父亲在一年来已在家授徒了，一则因邻近有许多小孩要请人教书，二则父亲嫌家里房屋太大，住了太寂寞，于是就在家里设起书塾来。来读的是几个族里与邻家的小孩。中途忽然有一位朋友要找父亲去替他帮忙，为了友谊与家计，都非去不可。书馆是不能中途解散的，家里又无男子，很不放心，于是就叫我辍学代庖。功课当然是我所教得来的。学生不多，时间很有余暇，于是一壁教书，一壁仍行自修。家里人颇思叫我永继父职，就长此教书下去，本乡小学校新立，也邀我去充教习，但我总觉得于心不甘。

恰好有一个亲戚的长辈从日本留学法政回来，说日本如何如何地好，求学如何如何地便利。我对于日本留学梦想已久了，听了他的话，心乃愈动。父母并不大反对，只是经费无着。乃遍访亲友借贷，很费力地集了五百元，冒险赴日。

当时赴日留学，几成为一种风气，东京有一个宏文学院，就是专为中国留学生办的，普通科二年毕业，除教日语外，兼教中学课程。凡想进专门以上的学校的，大概都在那里预备。我因学费不足两年的用度，乃于最初数月请一日本人专教日文。中途插入宏文学院普通科去，总算我的自修有效，英算各科居然尚能衔接赶上。在那里将毕业的前二三月，东京高等工业学校招考了，我不待毕业就去跨考，结果幸而被录。当时规定，入了官立专门学校，就有官费的。而浙江因人多不能照办，我入高工后快将一年，犹领不到官费，家中为我已负债不少，结果乃又不得不中途辍学回国，谋职糊口，我的中学时代就此结束了。那时我年二十一岁。

总计我的中学时代，经过许多的周折，东补西凑，断续不成片段。我为了修得区区的中学课程，曾经过不少的磨难，空费过长期的光阴。这种困苦的经验，当时不但我个人有过，实可谓是一般的情形。现在的中学生，在这点上真足羡艳，真是幸福。

（原载于1931年《中学生》第十六号）

新年的梦想

　　我常做关于中国的梦。我所做的都是恶梦，惊醒时总要遍身出冷汗。梦不止一次，故且把它拉杂写记如下，但愿这景象不至实现，永远是梦境。

　　我梦见中国遍地都开着美丽的罂粟花，随处可闻到芬芳的阿芙蓉气味。

　　我梦见中国捐税名目烦多，连撒屁都有捐。

　　我梦见中国四万万人都叉麻雀，最旺盛的时候，有麻雀一万万桌。

　　我梦见中国要人都生病。

　　我梦见中国人用的都是外国货，本国工厂烟筒里不放烟。

　　我梦见中国市场上流通的只是些印得很好看的纸。

　　我梦见中国日日有内战。

　　我梦见中国监狱里充满了死人。

　　我梦见中国到处都是匪。

（原载于1933年《东方杂志》第三十卷第十一号）

命相家

　　我因事至南京，住在××饭店。二楼楼梯旁某号房间里，寓着一位命相家。房门是照例关着的，这位命相家叫什么名字、房门上挂着的那块玻璃框子的招牌上写着什么，我虽在出去回来的时候，必须经过那门前，却毫未曾加以注意。

　　有一天傍晚，我从外边回来，刚走完楼梯，见有一个着洋服的青年方从命相家房中走出，房门半开，命相家立在门内点头相送叫"再会"。

　　那声音很耳熟，急把脚立住了看那命相家，不料就是十年前的同事刘子岐。

　　"呀！子岐！"我不禁叫了出来。

　　"呀！久违了。你也住在这里吗？"他吃了一惊，把门开大了让我进去。我重新去看门上的招牌，见上面写着"青田刘知机星命谈相"等等的文字。

　　"哦！刘子岐一变而为刘知机。十年不见，不料得了道了，究竟是什么一回事？"我急问。

　　"说来话长。要吃饭，没有法子。你仍在写东西吗？教师是也好久不做了吧。真难得，会在这里碰到。不瞒你说，我吃这碗饭已有七八年了，自从那年和你一同离开××中学以后，就飘泊了好几处地方，这里一学期，那里一学期，不得安定，也曾挂了斜皮带革过命，可是终于生活不过去。你知道，我原是一只三脚猫，以后就以卖卜混饭了。最初在上海挂牌，住了四五年，前年才到南京来。"

"在上海住过四五年？为什么我一向不曾碰到你，上海的朋友之中，也没有人谈及呢？"我问。

"我改了名字，大家当然无从知道了。朋友们又是一向都不信命相的，我吃了这口江湖饭，也无颜去找他们，如果今天你不碰巧看到我，你会知道刘知机就是我吗？"

我有许多事情想问，不知从何说起。忽然门开了，进来的是二位顾客。一个是戴呢帽穿长袍的，一个是着中山装的，年纪都未满三十岁。刘子岐——刘知机丢开了我，满面春风地立起身来迎上前去，俨然是十足的江湖派。我不便再坐，就把房间号数告诉了他，约他畅谈。回到了自己的房间里。

十年前的中学教师，居然会卖卜？顾客居然不少，而且大都是青年知识阶级中人？感慨与疑问乱云似的在我胸中纷纷叠起。等了许久，刘知机老是不来，叫茶房去问，回说房中尚有好几个顾客，空了就来。

"对不起！一直到此刻才空。"刘知机来已是黄昏时候了。"难得碰面，大家出去叙叙。"

在秦淮河畔某酒家中觅了一个僻静的座位，大家把酒畅谈。

"生意似很不错呢。"我打动他说。

"呃，这几天是特别的。第一种原因，听说有几个部长要更动了，部长一更动，人员也当然有变动。你看，××饭店不是客人很挤吗？第二种原因，暑假快到了，各大学的毕业生都要谋出路，所以我们的生意特别好。"

"命相学当真可凭吗？"

"当然不能说一定可凭。不过，在现今样的社会上，命相之说，尚不能说全不足信。你想，一个机关中，当科长的，能力是否一定胜过科员？当次长的，能力是否一定不如部长？举一例说，我们从前的朋友之中，李××已成了主席了。王××学力、人品，平心而论，远过于他，革命的功绩，也不比他差，可是至今还不过一个××部的秘书。还有，一班毕业生数十人之中，有的成绩并不出色，倒有出路，有的成绩很好，却无人过问。这种情形除了命相以外，该用什么方法去说明呢？有人说，现今吃饭全靠八行书。这在我们命相学上就叫'遇贵人'。又有人挖苦现在贵人们的亲亲相阿，说是生殖器的联系。这简直是穷通由于先天，证明'命'的的确确是有的了。"刘知机玩世不恭地说。

"这样说来，你们的职业实实在在有着社会的基础的。哈哈。"

"到了总理的考试制度真正实行了以后，命相也许不能再成为职业，至于现在是，有需要，有供给，仍是堂堂皇皇的吃饭职业。命相家的身份决不比教师低下，我预备把这碗江湖饭吃下去哩。"

"你的营业项目有几种？"

"命、相、风水、合婚择日，什么都干。风水与合婚择日，近来已不行了。风水的目的是想使福泽及于子孙。现今一般人的心理，顾自身，顾目前，都来不及，哪有余闲顾到几十年几百年后的事呢？至于合婚择日，生意也清。摩登青年男女间盛行恋爱同居，婚也不必'合'，日也无须'择'了。只有命、相两项，现在仍有生意。因为大家都在急迫地要求出路，寻机会，出路与机会的条件，不一定是资格与能力，实际全靠碰运气。任凭大家口口声声喊'打破迷信'，到了无聊之极的时候，也会瞒了人花几块钱来请教我们。在上海，顾客大半是商人，他们所问的是财气。在南京，顾客大半是'同志'与学校毕业生，他们所问的是官运。老实说，都无非为了要吃饭。唯其大家要想吃饭，我们也就有饭可吃了。哈哈……"刘知机滔滔地说，酒已半醺了，自负之外又带感慨。

"你对于这些可怜的顾客，怎样对付他们？有什么有益的指导呢？"

"还不是靠些江湖上的老调来敷衍！我只是依照古书，书上怎么说，就怎么说。准不准连我自己也不知道。好在顾客也并不打紧，他们的到我这里来，等于出钱去买香槟票，着了原高兴，不着也不至于跳河上吊的。我对他说'就快交运''向西北方走''将来官至部长'，是给他一种希望。人没有希望，活着很是苦痛，现社会到处使人绝望，要找希望，恐怕只有到我们这里来，花一二块钱来买一个希望，虽然不一定准确可靠，究竟比没有希望好。在这一点上，我们命相家敢自任为救苦救难的希望之神。至少在像现在的中国社会可以这样说。"话愈说愈痛切，神情也愈激昂了。

他的话既诙谐又刺激，我听了只是和他相对苦笑，对了这别有怀抱的伤心人，不知再提出什么话题好？彼此都已有八九分醉意了。

（原载于1933年《文学》第一卷第一号）

原始的媒妁

媒妁者叫做"月老"，这典故据说出于《续幽怪录》所载唐韦固的故事。据那故事：月下老人执掌人间婚姻簿册，对于未来有夫妻缘分的男女，暗中给他们用红丝系在脚上。月下老人就是司男女婚姻的神。

古今笔记中常见有"跳月"的记载，说野蛮民族每年择期作"跳月"之会，聚未婚男女在月下跳舞，彼此相悦，即为配偶。陆次云有一篇《跳月记》，述苗人跳月的情形很详。

把上面两段话联结了看来，月亮与男女的结合，似乎很有关系。男女的结合发生于夜，婚姻的"婚"字原作"昏"，就是夜的意思。说虽如此，黑夜究有种种不便，在照明装置还非常幼稚或竟缺如的原始社会，月亮就成了婚姻的媒介者。中国月下老人的传说，也许是唐以后就有的，无非是把月亮来加以拟人化罢了。月下老人其实就是月亮的本身。

在已开化的我们现代，"跳月"的风习原已没有了，可是痕迹还存在。日本有所谓"盆踊"（bonadori）者，至今尚盛行于各地。"盆"即"于兰盆"之略语，为民间祭名之一。日期在旧历七月十五，日本每至七月十五前后，各地举行盆祭，男女饮酒跳舞为乐，较我国之兰盆会热狂得多，因此常发生攸关风化的事件。中国各乡间迎神赛会，日期亦常在月圆的望日。吾乡（浙东上虞）的会节，差不多都在旧历月半。如"正月半""三月半""六月半""八月半""九月半""十月半"之类。届时家家迎亲接眷，男女都盛装了空巷而往。观于从来有"好男不看灯，好女不游春"之诫，足以证明这是"跳月"的变形了。吾乡最盛的会是"三月半"，无妻的男子向有"看过三月半，心里宽一半"的谣谚。意思是说：会场上有女如云，不怕讨不着老婆。

月亮对于男女的关系，似并不偶然，莫泊三有一篇描写性欲的短篇，就叫《月光》。由此类推去看，古来名句"月上柳梢头，人约黄昏后"是具着有机的技巧的，那都会中作为男女情场的跳舞厅与影戏院中的电灯光，其朦胧宛如月夜，也是合乎性心理的了。

（原载于1933年《中学生》第三十七号）

光复杂忆

　　武汉起义以后，各省纷纷响应，大都"兵不血刃"，就转了向了。我们浙江的改换五色旗，是十一月五日。那时我在杭州，事前曾有风声，说就要发动。四日夜里尚毫不觉得有什么，次晨起来，知道已光复了。抚台已逃走。光复的痕迹，看得见的，只有抚台衙门的焚烧的余烬、墙上贴着的都督汤寿潜的告示和警察袖上缠着的白布条。街上的光景和旧历元旦很相像，商店大半把门闭着，行人稀少得很。

　　一时流行的是剪辫，青年们都成了和尚。因为一向梳辫的缘故，为发的本来方向不同，剃去以后每人头上有着白白的一圈，当时有一个名字，叫做奴隶圈。这时候最出风头的不消说是本来剪了发的留学生了。一般青年都恨不得头发快长起，掠成"西发"。老成拘谨些的人，不敢就剪辫，或剪去一截，变成鸭屁股式。乡下农民最恋恋于辫发，有一时，警察手中拿了剪刀，硬要替行人剪发，结果乡下人不敢上城市来了。有的把辫子盘起来藏在帽里，可笑的事情不少。

　　当时尚未发明标语的宣传法，大家只在日用文件上表示些新气象。最初用黄帝纪元，第二年才称民国元年。在文字的写法上有好些变化。革命军的"军"大家都写作"軍"，"民"字写作"民"，据说是革命军与人民出了头的意思。"国"字须写作"囻"，据说是共和国以人民为主体的意思。这风气直至民国四五年袁世凯要称帝时还存着。朋友×君曾以"国"字为谜底作一灯谜云："有的说是民意，有的说是王心，不知这圈圈内是什么人。"国字旧略写作"囯"，×君的灯谜，是暗射当时的时事的。

"现在是民国时代了，什么花样都玩得出来！如果在前清是……"光复后不到几年，常从顽固的老年人口中听到这样的叹息。记得在光复当时，人心是非常兴奋的。一般人，尤其是青年，都认中国的衰弱，罪在满洲政府的腐败，只要满洲人一倒，就什么都有办法。当辫子初剪去的时候，我们青年朋友间都互相策励，存心做一个新国民，对时代抱着很大的希望。就我个人说，也许是年龄上的关系吧，当时的心情，比十六年欢迎党军莅境似乎兴奋得多。宋教仁的被暗杀，记得是我幼稚素朴的心上第一次所感到的幻灭。

光复初年的双十节，不像现在的冷淡，各地都有热烈的庆祝。我在杭州曾参加过全城学界提灯会，提了"国庆纪念"的高灯，沿途去喊"中华民国万岁！"，自六时起至十一时才停脚，脚底走起了泡。这泡后来成了两个茧，至今还在我的脚上。

（原载于1933年《中学生》第三十八号）

我之于书

二十年来，我生活费中至少十分之一二是消耗在书上的。我的房子里比较贵重的东西就是书。

我向无对于任何一问题作高深研究的野心，因之所买的书范围较广，宗教、艺术、文学、社会、哲学、历史、生物，各方面差不多都有一点。最多的是各国文学名著的译本，与本国古来的诗文集，别的门类只是些概论等类的入门书而已。

我不喜欢向别人或图书馆借书，借来的书，在我好像过不来瘾似的，必要是自己买的才满足。这也可谓是一种占有的欲望。买到了几册新书，一册一册地加盖藏书印记，我最感到快悦的是这时候。

书籍到了我的手里以后，我的习惯是先看序文，次看目录。页数不多的往往立刻通读，篇幅大的，只把正文任择一二章节略加翻阅，就插在书架上。除小说外，我少有全体读完的大部的书，只凭了购入当时的记忆，知道某册书是何种性质，其中大概有些什么可取的材料而已。什么书在什么时候再去读再去翻，连我自己也无把握，完全要看一个时期一个时期的兴趣。关于这事，我常自比为古时的皇帝，而把插在架上的书，譬诸列屋而居的宫女。

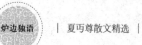

　　我虽爱买书，而对于书却不甚爱惜。读书的时侯，常在书上把我所认为要紧的处所标出。线装书大概用笔加圈，洋装书竟用红铅笔划粗粗的线。经我看过的书，统体干净的很少。

　　据说，任何爱吃糖果的人，只要叫他到糖果铺中去做事，见了糖果就会生厌。自我入书店以后，对于书的贪念，也已消除了不少了。可是仍不免要故态复萌，想买这种，想买那种。这大概因为糖果要用嘴去吃，往往摆存毫无意义，而书则可以买了不看，任其只管插在架上的缘故吧。

　　　　　　　　　（原载于1933年《中学生》第三十九号）

白马湖之冬

在我过去四十余年的生涯中，冬的情味尝得最深刻的要算十年前初移居白马湖的时候了。十年以来，白马湖已成了一个小村落，当我移居的时候，还是一片荒野，春晖中学的新建筑巍然矗立于湖的那一面，湖的这一面的山脚下是小小的几间新平屋，住着我和刘君心如两家。此外两三里内没有人烟。一家人于阴历十一月下旬从热闹的杭州移居于这荒凉的山野，宛如投身于极带中。

那里的风，差不多日日有的，呼呼作响，好像虎吼，屋宇虽系新建，构造却极粗率，风从门窗隙缝中来，分外尖削。把门缝窗隙厚厚地用纸糊了，椽缝中却仍有透入，风刮的厉害的时候，天未夜就把大门关上，全家吃毕夜饭即睡入被窝里，静听寒风的怒号、湖水的澎湃。靠山的小后轩，算是我的书斋，在全屋子中是风最少的一间，我常把头上的罗宋帽拉得低低地在洋灯下工作至深夜。松涛如吼，霜月当窗，饥鼠吱吱在承尘上奔窜，我于这种时候，深感到萧瑟的诗趣，常独自拨划着炉灰，不肯就睡。把自己拟诸山水画中的人物，作种种幽邈的遐想。

现在白马湖到处都是树木了，当时尚一株树木都未种，月亮与太阳都是整个儿的。从上山起直要照到下山为止。在太阳好的时候，只要不刮风，那真和暖得不像冬天。一家人都坐在庭间曝日，甚至于吃午饭也在屋外，像夏天的晚饭一样。日光晒到哪里，就把椅凳移到哪里，忽然寒风来了，只好逃难似的各自带了椅凳逃入室中，急急把门关上。在平常的日子，风来大概在下午快要傍晚的时候，半夜即息。至于大风寒，那是整日夜狂吼，要二三日才止的。最严寒的几天，泥地看去惨白如水门汀，山色冻得发紫而黯，湖波泛深蓝色。

下雪原是我所不憎厌的，下雪的日子，室内分外明亮，晚上差不多不用燃灯，远山积雪，足供半个月的观看，举头即可从窗中望见。可是究竟是南方，每冬下雪不过一二次，我在那里所日常领略的冬的情味，几乎都从风来。白马湖的所以多风，可以说是有着地理上的原因的，那里环湖原都是山，而北首却有一个半里阔的空隙，好似故意张了袋口欢迎风来的样子。白马湖的山水，和普通的风景地相差不远，唯有风却与别的地方不同。风的多和大，凡是到过那里的人都知道的。风在冬季的感觉中，自古占着重要的因素，而白马湖的风尤其特别。

现在，一家僦居上海多日了，偶然于夜深人静时听到风声的时候，大家就要提起白马湖来，说："白马湖不知今夜又刮得怎样厉害哩！"

（原载于1933年《中学生》第四十号）

灶君与财神

"呀！你不是灶君吗？"

"对了。好面善！你是哪一位尊神？"

"我是财神哪！你怎么不认识我了？"

"呀！难得在半天里相会。你一向是手执元宝的，现在怎么背起枪来了？那手里拿着的一大卷，又是什么？"

"因为武财神近日忙于军事，所以由我暂时兼代。你知道我们工作上虽分文武，职务都是掌司钱财，原是一而二，二而一的。于是我就成了'有枪阶级'了。手执元宝，那是一直从前的事。近来我老是手执钞票和公债证券。你从下界来，难道还不知道废两改元已实行长久，市上早无元宝，银行钞票的准备金大多数就是公债证券吗？"

"哦！原来如此，因为我终日终年在人家厨房里过活，不大明白财界的情形。如果你不说明，我几乎不认识你了。"

"你的样子，也与前大不相同了哩！怎么这样瘦了？你日日在厨房里受人供养，难道还会营养不良吗？"

"我一向就不像你的大腹便便，近来真倒霉，自己也知道更瘦得可怜了。连年天灾人祸，农村破产已到极度。人民有了早饭没有夜饭，结果都向都市跑，去过那亭子间及阁楼的日子。这真叫'倒灶'！灶是简直没有了，眠床、便桶旁摆一个洋油炉或者煤球炉，就算是烹调的场所。有的连洋油炉、煤球炉都不备，日日咬大饼、油条过活。你想，这情形多难堪！回想从前乡村隆盛时的景象，真令人不胜今昔之感。我的瘦是应该的。可是也幸而瘦，如果胖得像你一样，怎么能局促地蹲在洋油炉、煤球炉旁去行使职务啊！"

"你的境遇，说来很足同情。也曾把下界的苦况，向天堂去告诉过了吗？"

"怎么不告诉！每年的今日，我都有一次定期的总报告。你看，我现在正背着一大包的册子，这里面全是下界的实况。可是，天堂的情形，近来也似乎有些异样了，什么都作不来主。我虽然每年忠实地把民间疾苦、人心善恶报告上去，天堂总是马马虎虎，推三阻四地打官话。有时说：'这是洋鬼子在作怪，须行文去和耶稣交涉。'有时说：'交财神核办。'耶稣那里的回音如何，不知道。交你核办的案子，结果怎么样？今天恰好碰着你，就乘便请问。"

"也曾有案子移下来过。因为我实在无法办，至今还是搁着不动。记得有一次交下一个'善人是富'的指令，还附着一大批善人的名单——据说是以你的报告为根据的——要我负责使他们富起来。这实在令我束手，这种老口号和现在的实际情形根本已不相符合，天堂自身都穷，有什么钱可送这许多善人？这许多善人们自己又不会谋官做，干公债投机，买航空奖券，叫我有什么方法帮助他们呢？"

"去年今日，我还上过一个提高谷价的提案，天堂没有发给你吗？"

"记得似乎有过这么一回事，详细记不清楚了。这也不关我事。我从前管领的是元宝，现在管领的是钞票和公债证券。目前是金融资本跋扈的时代，田地不值钱，货物不值钱，下界最享福的就是那些金融资本家。金融资本是流动的，今天在甲的手里，明天就可流入乙的手里。这笔流水账已把我忙杀了。像谷物价目一类的事怎么还能兼顾呢？况且这事难得讨好，谷价贱了固然大家叫苦，从前米卖二十块钱一石的那几年，不是也曾大家叫过苦吗？"

"近来农村里差不多分分人家都快倒灶了。你没有救济的方法吗？提高谷价的路既然走不通，那么借外债来恢复农村，如何？"

"我何尝不这么想？也曾和地狱里商量过。可是不行。"

"为什么要和地狱商量呢？地狱里拿得出钱吗？"

"耶稣曾说过，'富人入天国，比骆驼穿针孔还难'。富人照例是不能进天堂的，都住在地狱里。所以地狱成了天下最富的地方。我曾和地狱当局者作过好几次谈判，终于因为他们的条件太苛刻了，事情没有成功。当此盛唱'打倒不平等条约'的当儿，谁愿接受那种屈辱的条件啊！"

"复兴农村的口号，近来不是唱得很响吗？你有机会时也得常到农村里去看看实际的状况，看有什么具体的救济策没有？"

"近来，我在都市里执行职务的时候多，不大到农村里去。农村衰疲的消息，虽曾听到，终于没有工夫去考察。其实，倒灶的何尝只是农村？都市里也大大地不景气哩！你知道，我是管领钱财的，农村愈破坏，钱财愈集中到都市来，我在都市的事务也就更多。公债涨停板或跌停板了，我要到。航空奖券开奖了，我要到。哪里还顾得到农村？你是每年板定今天上来的，我下去的日子，每年向来是正月初五。可是近来时常要作不定期的奔波，这次的下去，就因为有许多临时的事务的缘故。"

"正月初五仍须再下去吧？"

"也许事务多，一直要在下界住到那时候，如果事务完毕了就上来。初五下去不下去，只好再看。现在什么都是双包案似的弄不清楚，连正月初五也有两个了。多麻烦。下界人们真该死，他们还在一厢情愿，把肉咧，鱼咧，蚶子咧，橄榄咧，唤作元宝，要想用了这些假元宝来骗我手里的真元宝呢。——其实我的手里早已没有元宝了，哈哈。"

"他们的待遇你，比待遇我不知要好几倍。我愈弄愈倒灶，你是现代的红角儿，这世界是你的。多威风啊！"

"哪里的话，我目前已苦于无法应付，并且前途大可悲观哩。下界嫌我处置得不均，正盛唱着什么'社会主义'。听说这种主义，世间已有一处地方在实行了。如果这种主义一旦在我们的下界实现起来，我的地位就将根本摇动，你是管领民食的，前途倒比我安全得多。无论在什么世界，饭总是非吃不可的啰！"

"未来的事，何必过虑！咿哟！我到天堂还有一半路程，误时了不好。再会吧。"

"我也有事呢！今日下午公债跌得停板了，明日又是航空奖券开奖之期啊。再会。"

（原载于1934年《文学》第二卷第一号）

紧张氛气的回忆

前后约二十年的中学教师生活中，回忆起来自己觉得最像教师生活的，要算在×省×校担任舍监，和学生晨夕相共的七八年，尤其是最初的一二年。至于其余只任教课或在几校兼课的几年，跑来跑去简直松懈得近于帮闲。

我的最初担任舍监是自告奋勇的，其时是民国元年。那时学校习惯把人员截然划分为教员与职员二种，教书的是教员，管事务的是职员，教员只管自己教书，管理学生被认为职员的责任。饭厅闹翻了，或是寄宿舍里出了什么乱子了，做教员的即使看见了照例可"顾而之他"或袖手旁观，把责任委诸职员身上，而所谓职员者又有在事务所的与在寄宿舍的之分，各不相关。舍监一职，待遇甚低，其地位力量易为学生所轻视，狡黠的学生竟胆敢和舍监先生开玩笑，有时用粉笔在他的马褂上偷偷地画乌龟，或乘其不意把草圈套在他的瓜皮帽结子上。至于被学生赶跑，是不足为奇的。舍监在当时是一个屈辱的位置，做舍监的怕学生，对学生要讲感情，只要大家说"×先生和学生感情很好"，这就是漂亮的舍监。

有一次，×校舍监因为受不过学生的气，向校长辞职了。一时找不到相当的替人，我在×校教书，颇不满于这种情形，遂向

121

校长自荐，去兼充了这个屈辱的职位，这职位的月薪记得当时是三十元。

我有一个朋友在第×中学做教员，因在风潮中被学生打了一记耳光，辞职后就抑郁病死了。我任舍监和这事的发生没有多日，心情激昂得很，以为真正要作教育事业须不怕打，或者竟须拼死。所以就职之初，就抱定了硬干的决心：非校长免职或自觉不能胜任时决不走，不怕挨打，凡事讲合理与否，不讲感情。

×校有学生四百多人，我在×校虽担任功课有年，实际只教一二班，差不多有十分之七八是不相识的。其中年龄最大的和我相去只几岁。当时轻视舍监已成了风气，我新充舍监，最初曾受到种种的试炼。因为我是抱了不顾一切的决心去的，什么都不计较，凡事皆用坦率强硬的态度去对付，决不迁就。在饭厅中，如有学生远远地发出"嘘嘘"的鼓动风潮的暗号，我就立在凳子上去注视发"嘘嘘"之声的是谁？饭厅风潮要发动了，我就对学生说："你们试闹吧，我不怕。看你们闹出什么来。"人丛中有人喊"打"了，我就大胆地回答说："我不怕打，你来打吧。"学生无故请假外出，我必死不答应，宁愿与之争论至一二小时才止。每晨起床铃一摇，我就到斋舍里去视察，如有睡着未起者，一一叫起。夜间在规定的自修时间内，如有人在喧扰，就去干涉制止，熄灯以后见有私点洋烛者，立刻赶进去把洋烛没收。我不记学生的过，有事不去告诉校长，只是自己用一张嘴和一副神情去直接应付。每日起得甚早，睡得甚迟，最初几天向教务处取了全体学生的相片来，一叠叠地摆在案上，像打扑克或认方块字似的一一翻动，以期认识学生的面貌、名字及其年龄、籍贯、学历等等。

我在那时，颇努力于自己的修养，读教育的论著，翻宋元明的性理书类，又搜集了许多关于青年的研究的东西来读。非星期日不出校门，除在教室授课的时间外，全部埋身于自己读书与对付学生之中。自己俨然以教育界的志士自期，而学生之间却与我以各种各样的绰号。当时我的绰号，据我所知道的，先后有"阎罗""鬼王""戆大""木瓜"几个，此外也许还有更不好听的，可是我不知道了。

我的做舍监，原是预备去挨打与拼命的。结果却并未遇到什么。一连做了七八年，到了后来，什么都很顺手，差不多可以"无为卧治"了。事隔多年，新就职时那种紧张的气氛，至今回忆起来还能大概在心中复现。遇到老学生们，也常会大家谈起当时的旧事来，相对共笑。

（原载于1934年《中学生》第四十二号）

春的欢悦与感伤

四季之中，向推"春秋多佳日"，而春尤为人所礼赞。自古就有许多颂扬春的话，春未到先要迎盼，春一去不免依恋。春继冬而至，使人从严寒转入温暖，且为万物萌动的季节，在原始时代，人类的活动与食物都从春开始获得，男女配偶也都在春完成。就自然状态说，春确是值得欢迎的。

可是自然与人事并不一定调和，自古文辞中于"惜春""迎春"等类题材以外，还有"伤春""春怨"等类的题目。"闺中少妇不知愁，春日凝妆上翠楼。忽见陌头杨柳色，悔教夫婿觅封侯。"这是唐人王昌龄的诗。"三分春色二分愁，更一分风雨。"这是宋人叶清臣的词，都是写春的感伤的。其感伤的原因，全在人事之不如意。社会愈复杂，人事上的不如意越多，结果对于季节的欢悦的事情减少，感伤的事情加多。这情形正像贫家小孩盼新年快到，而做父母的因债务关系想到过年就害怕。

我每年也曾无意识地以传统的情怀从冬天盼望春光早些来到。可是真从春天得到春的欢悦的，有生以来，除未经世故的儿时外，可以说并没有几次。譬如说吧，此刻正是三月十三日的夜半，真是所谓春宵了，我却不曾感到春宵的欢喜，一家之中轮番地患着春季特有的流行性感冒，我在灯下执笔写字，差不多每隔一二分钟要听到妻女们的呻吟和干咳一次。邻家收音机和麻雀牌的喧扰声阵阵地刺入我的耳朵，尤使我头痛。至于日来受到的事务上经济上的烦闷，且不去说它。

都市中没有"燕子"，也没有"垂杨"，局促在都市中的人，是难得见到春日的景物的。前几天吃到油菜心和马兰头的时候，我不禁起了怀乡之念，想起故乡的春日的光景来。我所想的只是故乡的自然界，园中菜花已发黄金色了吧，燕子已回来了吧，窗前的老梅已结子如豆了吧，杜鹃已红遍了屋后的山上了吧……只想着这些，怕去想到人事。因为乡村的凋敝我是知道的，故乡人们的困苦情形我知道得更详细。

宋人张演《社日村居》诗云："鹅湖山下稻粱肥，豚栅鸡栖对掩扉，桑柘影斜春社散，家家扶得醉人归。"这首诗中所写的只是乡村春景的一角，原没有什么大了不得，可是和现在的乡间情形比较起来，已好像是羲皇以前的事了。

春到人间，据日历上所记已好久了，但是春在哪里呢？有人说"在杨柳梢头"，又有人说"在油菜花间"，也许是的吧，至于我们一般人的身上，是不大有人能找得到的。

（原载于1934年《中学生》第四十四号）

幽默的叫卖声

住在都市里，从早到晚，从晚到早，不知要听到多少种类多少次数的叫卖声。深巷的卖花声是曾经入过诗的，当然富于诗趣，可惜我们现在实际上已不大听到。寒夜的"茶叶蛋""细砂粽子""莲心粥"等等，声音发沙，十之七八似乎是"老枪"的喉咙，困在床上听去，颇有些凄清。每种叫卖声，差不多都有着特殊的情调。

我在这许多叫卖者中发见了两种幽默家。

一种是卖臭豆腐干的。每日下午五六点钟，弄堂口常有臭豆腐干担歇着或是走着叫卖，担子的一头是油锅，油锅里现炸着臭豆腐干，气味臭得难闻，卖的人大叫"臭豆腐干！""臭豆腐干！"，态度自若。

我以为这很有意思。"说真方，卖假药""挂羊头，卖狗肉"，是世间一般的毛病，以香相号召的东西，实际往往是臭的。卖臭豆腐干的居然不欺骗大众，自叫"臭豆腐干"，把"臭"作为口号标语，实际的货色真是臭的。如此言行一致，名副其实，不欺骗别人的事情，恐怕世间再也找不出了吧，我想。

"臭豆腐干！"这呼声在欺诈横行的现世，俨然是一种愤世嫉俗的激越的讽刺！

还有一种是五云日升楼卖报者的叫卖声。那里的卖报的和别处不同，没有十多岁的孩子，都是些三四十岁的老枪瘪三，身子瘦得像腊鸭，深深的乱头发，青屑屑的烟脸，看去活像是个鬼。早晨是不看见他们的，他们卖的总是夜报。傍晚坐电车打那儿经过，就会听到一片的发沙的卖报声。

他们所卖的似乎都是两个铜板的东西（如《新夜报》《时报》《号外》之类），叫卖的方法很特别，他们不叫"刚刚出版××报"，却把价目和重要新闻标题联在一起，叫起来的时候，老是用"两个铜板"打头，下面接着"要看到"三个字，再下去是当日的重要的国家大事的题目，再下去是一个"哪"字。"两个铜板要看到十九路军反抗中央哪！"在福建事变起来的时候，他们就这样叫。"两个铜板要看到剿匪胜利哪！"在剿匪消息胜利的时候，他们就这样叫。"两个铜板要看到日本副领事在南京失踪哪！"藏本事件开始的时候，他们就这样叫。

在他们的叫声里，任何国家大事都只要花两个铜板就可以看到，似乎任何国家大事都只值两个铜板的样子。我每次听到，总深深地感到冷酷的滑稽情味。

"臭豆腐干！""两个铜板要看到××××哪！"这两种叫卖者颇有幽默家的风格。前者似乎富于热情，像个矫世的君子，后者似乎鄙夷一切，像个玩世的隐士。

（原载于1934年《太白》第一卷第一期）

一个追忆

这是四五年前的事。

钱塘江江心忽然涨起了一条长长的土埂，有三四里路阔，把江面划分为二。杭州、西兴之间，往来的人要摆两次渡，先渡到土埂，再走三四里路，或坐三四里路的黄包车，到土埂尽头，再上渡船到彼岸去。这情形继续了大半年，据说是百年来从未有过的奇观。

不会忘记：那是废历九月十八的一天。我从白马湖到上海来，因为杭州方面有点事情，就不走宁波，打杭州转。在曹娥到西兴的长途中，有许多人谈起钱塘江中的土埂；什么"世界两样了，西湖搬进了城里，钱塘江有了两条了"咧，"据说长毛以前，江里也起过块，不过没有这样长久，怪不得现在世界又不太平"咧，我已有许久不渡钱塘江了，只是有趣味地听着。

到西兴江边已下午四时光景，果然望见江心有土埂突出在那里，还有许多行人和黄包车在跑动。下渡船后，忽然记得今天是九月十八，依照从前八月十八看潮的经验，下午四五时之间是有潮的。"如果不凑巧，在土埂上行走着的当儿碰见潮来，将怎样呢？"不觉暗自担心起来。旅客之中，也有几个人提起潮的，大家相约："看情形再说，如果潮要来了，就不上土埂，停在渡船

128

里。待潮过了再走。"

渡船到土埭时，几十部黄包车夫来兜生意，说："潮快来了，快坐车子去！"大部分的旅客都跳上了岸。我方才相约慢走的几位，也一个个地管自乘车去了。渡船中除我以外，只剩了二三个人。四五部黄包车向我们总攻击，他们打着萧山话，有的说"拉到渡船头尚来得及"，有的说"这几天即使有潮也是小小的。我们日日在这里，难道不晓得"。我和留着的几位结果也都身不由主地上了黄包车。

坐在黄包车上担心着遇见潮，恨不得快到前方的渡头。哪里知道拉到一半路程的时候，前方的渡船已把跳板抽起要开行了。江心的设渡是临时的，只有渡船没有趸船。前方已没有船可乘，四边有人喊："潮要到了！"不坐人的黄包车都在远远地向浅滩逃奔，土埭上只剩了我们三四部有人的车子。结果只有向后转，回到方才来的原渡船去。幸而那只渡船载着从杭州到西兴去的旅客还未开行。

四围寂无人声，隆隆的潮声已听到了。车夫一面飞奔，一面喊："救命！"我们也喊："救命！""放下跳板来！"

逃上跳板的时候，潮头已望得见。船上的旅客们把跳板再放下一块，拼得阔阔地，协力将黄包车也拉了上来。潮头就到船下了，潮意外地大，船一高一低地颠簸得很凶，可是我在这瞬间却忘了波涛的险恶，深深地感到生命的欢喜和人间的同情。

潮过以后，船开到西兴去，我们这几个人好像学校落第生似的再从西兴重新渡到杭州。天已快晚，隐约中望得见隔江的灯火；潮水把土埭涨没，钱塘江已化零为整；船可直驶杭州渡头，不必再在江心坐黄包车了。船行到江心土埂的时候，我们困难之交中有一位，走到船头，把篙子插到水里去看有多少深，居然一篙子还不到底。

"险啊！如果浸在潮里，我们现在不知怎样了！"他放好篙子说，把舌头伸出得长长地。

"想不得了，还是不去想它好。"一个患难之交说。

我觉得他们的话都有道理。

（原载于1934年《中学生》第四十七号）

良乡栗子

"请，趁热。"

"啊！日子过得真快！又到了吃良乡栗子的时候了。"

"像我们这种住弄堂房子的人，差不多是不觉得季候的。春、夏、秋、冬，都不知不觉地让它来，不知不觉地让它过去。前几天在街上买着苹果、柿子、良乡栗子，才觉到已到深秋了。"

"向来有'良乡栗子，难过日子'的俗语，每年良乡栗子上市，寒冷就跟着来了。良乡栗子对于穷人，着实是一个威胁哩。"

"今年是大荒年，更难过日子吧。咿哟，这几个年头儿，穷人老是难过日子，不管良乡栗子不良乡栗子，'半山梅子'的时候，何曾好过日子？'奉化桃子'的时候，也何曾好过日子？"

"对了，那原是几十年前的老话罢咧，世界变得真快，光是良乡栗子，也和从前不同了。"

"有什么不同？"

"从前的良乡栗子是草纸包的，现在改用这样牛皮纸做的袋子了，上面还印得有字。栗子摊招徕买主，向来是一块红纸上写金字的挂牌，后来加用留声机，新近是留声机已不大看见，都改为无线电收音机了。几乎每个栗子摊都有一架收音机。"

"这不是进步吗？"

"进步呢原是进步，可惜总是替外国人销货色。从前的草纸、红纸，不消说是中国货，现在的牛皮纸、收音机是外国货。良乡栗子已着洋装了！你想，我们今天吃两毛钱的良乡栗子，要给外国赚几个钱去？外国人对于良乡栗子一项，每年可销多少牛皮纸？多少收音机？还有印刷纸袋用的油墨、机器？……"

"这是一段很好的提倡国货演说啊！去年是国货年，今年是妇女国货年，明年大概是小孩国货年了吧。有机会时你去上台演说倒好！"

"可惜没人要我去演说，演说了其实也没有用。中国的军备、交通、卫生、文化、教育、工艺，哪一件不是直接间接替外国人推销货色的玩意儿？"

"唉！——还是吃良乡栗子吧。——这是'良乡栗子大王'，你看，纸袋上就印着这几个字。"

"这也是和从前不同的一点，从前是叫'良乡名栗''良乡奎栗'的，现在改称'大王'了。外国有的是'钢铁大王''煤油大王''汽车大王'，我们中国有的是'瓜子大王''花生米大王''栗子大王'，再过几天'湖蟹大王'又要来了。什么都是'大王'，好多的'大王'呵！"

"还有哩！'鸦片大王''马将大王''牛皮大王……'"

"现在不但大王多，皇后也多。什么'东宫皇后'咧，'西宫皇后'咧，名目很多，至于'电影皇后''跳舞皇后'，更不计其数。"

"这是很自然的，自古说'一阴一阳之为道'，有这许多'大王'，当然要有这许多'皇后'才相称。否则还成世界吗？"

"哈哈！"

（原载于1934年《中学生》第四十八号）

中年人的寂寞

我已是一个中年的人。一到中年，就有许多不愉快的现象，眼睛昏花了，记忆力减退了，头发开始秃脱而且变白了，意兴、体力什么都不如年轻的时候，常不禁会感觉到难以名言的寂寞的情味。尤其觉得难堪的是知友的逐渐减少和疏远，缺乏交际上的温暖的慰藉。

不消说，相识的人数，是随了年龄增加的，一个人年龄越大，走过的地方，当过的职务越多，相识的人理该越增加了。可是相识的人并不就是朋友，我们的和许多人相识，或是因了事务关系，或是因了偶然的机缘——如在别人请客的时候同席吃过饭之类。见面时点头或握手，有事时走访或通信，口头上彼此也称"朋友"，笔头上有时或称"仁兄"，诸如此类，其实只是一种社交上的客套，和"顿首""百拜"同是仪式的虚伪。这种交际可以说是社交，和真正的友谊，相差似乎很远。

真正的朋友，恐怕要算"总角之交"或"竹马之交"了。在小学和中学的时代容易结成真实的友谊，那时彼此尚不感到生活的压迫，入世未深，打算计较的念头也少，朋友的结成，全由于志趣相近或性情适合，差不多可以说是"无所为"的，性质比较地纯粹。二十岁以后结成的友谊，大概已不免搀有各种各样的颜色分子在内，至于三十岁四十岁以后的朋友中间，颜色分子愈多，友谊的真实成分也就不免因而愈少了，这并不一定是"人心不古"，实可以说是人生的悲剧。人到了成年以后，彼此都有生活的重担须负，入世既深，顾忌的方面也自然加多起来，在交际上不许你不计较，不许你不打算，结果彼此都"钩心斗角"，像七巧板似的只选定了某一方面和对方去接合，这样的接合当然是很不坚固的，尤其是现代这样什么都到了尖锐化的时代。

在我自己的交游中，最值得系念的老是一些少年时代以来的朋友。这些朋友本来数目就不多，有些住在远地，连相会的机会也不可多得，他们有的年龄大过了我，有的小我几岁，都是中年以上的人了，平日各人所走的方向不同，思想趣味，境遇也都不免互异，大家晤谈起来，也常会遇到说不出的隔膜的情形。如大家话旧，旧事是彼此共喻的，而且大半都是少年时代的事，"旧游如梦"，把梦也似的过去的少年时代重提，因了谈话的进行，同时就会关联了想起许多当时的事情，许多当时的人的面影，这时好像自己仍回归少年时代去了。我常在这种时候感到一种快乐，同时也感到一种伤感，那情形好比老妇人突然在抽屉里或箱子里发见了她盛年时的影片。

逢到和旧友谈话，就不知不觉地把话题转到旧事上去，这是我的习惯，我在这上面无意识地会感到一种温暖的慰藉。可是这些旧友，一年比一年减少了，本来只是屈指可数的几个，少去一个，是无法弥补的，我每当听到一个旧友死去的消息时候，总要惆怅多时。

学校教育给我们的好处，不但只是灌输知识，最大的好处，恐怕还在给与我们求友的机会一点上。这好处我到了离学校以后才知道，这几年来更确切地体会到，深悔当时毫不自觉，马马虎虎地过去了。近来每日早晚在路上见到两两三三地携着书包、携了手或挽了肩膀走着的青年学生们，我总艳羡他们有朋友之乐，暗暗地要在心中替他们祝福。

（原载于1934年《中学生》第四十九号）

两个家

"呀，你几时出来的？夫人和孩子们也都来了吗？前星期我打电话到公司去找你，才知道你因老太太的病，忽然变卦，又赶回去了，隔了一日，就接到你寄来的报丧条子。你今年总算够受苦了，从五月初上你老太太生病起，匆匆地回去，匆匆地出来，据我所知道的，就有四五次，这样大旱的天气，而且又带了家眷和小孩，光只川费一项也就可观了吧。"

"唉，真是一言难尽！这回赶得着送老太太的终，几次奔波还算是有意义的。"

"现在老太太的后事，想大致舒齐了吧。"

"哪里！到了乡间，就有乡间的排场，回神咧，二七咧，五七咧，七七咧，都非有举动不可，我想不举动，亲戚本家都不答应。这次头七出殡，间壁的二伯父就不以为然，说不该如是草草。家里事情正多哩，公司里好几次写快信来催，我只好把家眷留在家里，独自先来，隔几天再赶回去。"

"那么还要奔波好几趟呢。唉！像我们这样在故乡有老家的人，不好吃都市饭，最好是回去捏锄头。我们现在都有两个家，一个家在都市里，是亭子间或是客堂楼、厢房间，住着的是自己夫妇和男女；一个家在故乡，是几开间几进的房子，住着的是年老的祖父、祖母、父母和未成年弟妹。因为家有两个的缘故，就有许多无谓的苦痛要受到。像你这回的奔波，就是其中之一啊。"

"奔波还是小事，我心里最不安的，是没有好好地尽过服侍的责任。老太太病了这几个月，我在她床边的日子合计起来，不满一个星期。在公司里每日盼望家信，也何尝不刻刻把心放在她身上，可是于她有什么用呢。"

"这就是家有两个的矛盾了。我们日常不知可因此发生多少的矛盾，譬如说：我和你是亲戚，照礼，老太太病了，我应该去探望，故了，应该去送殓送殡，可是我都无法去尽这种礼。又譬如说：上坟扫墓是我们中国的牢不可破的旧礼法。一个坟头，如果每年没有子孙去祭扫，就连坟头要被人看不起的。我已有好几年不去扫墓了，去年也曾想去，终于因为离不开身，没有去成。我把家眷搬到都市里，已十多年了，最初搬家的原因是因为没有饭吃，办事的地方没有屋住，当时我父母还在世，也赞同我把妻儿带在身边住。不过背后却不免有'养儿子是假的'的叹息。我也曾屡次想接老父老母出来同居，一则因为都市里房价太贵，负担不起，而且都市的房子也不适宜于老年人居住。二则因为家里有许多房子和东西，也不好弃了不管，终于没有实行。迁延复迁延，过了几年，本来有子有孙的老父老母先后都在寂寞的乡居生活中故世了。你现在的情形，和我当日一样。"

"老太太在日，我每年总要带了妻儿回去一次，她见我们回去，就非常快乐，足见我们不在她身边的时候，是寂寞不快的。现在老太太死了，我越想越觉得难过。"

"像我们这种人，原不是孝子，即使想做孝子，也不能够。如果用了'晨昏定省''汤药亲尝'等等的形式规矩来责备，我们都是犯了不孝之罪的。岂但孝呢，悌也无法实行。我常想，中国从前的一切习惯制度，都是农业社会的产物，我们生活在近代工商社会的人，要如法奉行，是很困难的。大家以农为业，父母、子女、兄弟天天在一处过活，对父母可以晨昏定省，可以汤药亲尝，对兄弟可以出入必同行，对长者可以有事服其劳，扫墓不必花川资，向公司告假，如果是士大夫，那么有一定的年俸，父母死了，还可以三年不做事，一心住在家里读礼守制。可是我们已经不能一一照做。一方面这种农业社会的习惯制度，还遗存着势力，如果不照做，别人可以责备，自己有时也觉得过不去。矛盾、苦痛，就从此发生了。"

"你说得对！我们现在有两个家，在都市里的家，是工商社会性质的，在故乡的家，是农业社会性质的。我在故乡的家还是新屋，是父亲去世前一年造的。父亲自己是个商人，我出了学校他又不叫我学种田，不知为什么要花了许多钱在乡间造那么大的房子？如果当时造在都市里，那么就是小小的一二间也好，至少我可以和老太太住在一处，不必再住那样狭隘的客堂楼了。"

"我家里的房子，是祖父造的，祖父也不曾种田。——过去的事，有什么可说的呢？现在不是还有许多人从都市里发了财，在故乡造大房子吗？由社会的矛盾而来的苦痛，是各方面都受到的。并非一方受了苦痛，一方会得什么利益。你因觉得到对老太太未曾尽孝养之道，心里不安，老太太病中见了你因她的病，几次奔波回去，心里也不会爽快吧。你住在都市中的客堂楼上嫌憎不舒服，而老太太死后，那所巨大的空房子，恐也处置很困难吧。这都是社会的矛盾，我们生在这过渡时代，恰如处在夹墙之中，到处都免不掉要碰壁的。"

"老太太死后，我一时颇想把房子出卖。一则恐怕乡间没有人会承受，凡是买得起这样房子的人，自己本有房子，而且也是空着在那里的。一则对于上代也觉得过意不去，父亲造这房子颇费了心血，老太太才故世，我就来把它卖了，似乎于心不忍。"

"这就是所谓矛盾了。要卖房子，没有人会买；想卖，又觉得于心不忍，这不是矛盾的是什么？"

"那么你以为该怎么办？"

"我也不知道怎么办才好，你知道我自己也不曾把故乡的房子卖去，我只说这是矛盾而已。感到这种矛盾的苦痛的人，恐不止你我吧。"

（原载于1934年《中学生》第五十号）

送殡的归途

"唉！老王真死得可悲。——现在让他好好地独自困在会馆里吧。连日你我为了他的病，真累够了，该去散散才是。哈，一道到什么地方去看电影好吗？"

"……"

"怎么？"

"没有什么。我在想起陶渊明的诗了。'向来相送人，各自还其家。亲戚或余悲，他人亦已歌。'才送朋友的丧回来，就去看电影吗？"

"那么依你说，我们应该留在棺材旁流泪陪他，或者更进一步，生起和他同样的病来跟他死掉！"

"这是笑话了。老王有知，也决不愿我们如此的。你看老王的夫人，这几天虽然哭得很厉害，再过几天，一定不会再哭了。何况我们是他的朋友。"

"人到了死的时候，父母、妻儿、朋友原都是无法帮助的。"

"岂但死的时候呢？活着的时候，旁人能帮助的也只是极浅薄极表面的一部分。真正担当着这一切的，还不是这孤零零的自己！人本来是一个个的东西。想到这里，我觉得人生是寂寞的。"

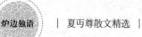

"你这寂寞和普通所谓寂寞不同，颇有些宗教气了哩。"

"呃，这是一种无可奈何的寂寞。宗教的起因，也许就为了人类有这种寂寞的缘故。我现在尚不信宗教，我只想把这寂寞来当作自爱自奋的出发点。反正人是要靠自己的，乐得独来独往地干一生。"

"好悲壮的气概！"

"…………"

（原载于1935年《文艺日记》）

钢铁假山

案头有一座钢铁的假山，得之不费一钱，可是在我室内的器物里面，要算是最有重要意味的东西。

它的成为假山，原由于我的利用，本身只是一块粗糙的钢铁片，非但不是什么"吉金乐石"片，说出来一定会叫人发指，是一·二八之役日人所掷的炸弹的裂块。

这已是三年前的事了。日军才退出，我到江湾立达学园去视察被害的实况，在满目凄怆的环境中徘徊了几小时，归途拾得这片钢铁块回来。这种钢铁片，据说就是炸弹的裂块，有大有小，那时在立达学园附近触目皆是，我所拾的只是小小的一块。阔约六寸，高约三寸，厚约二寸，重约一斤。一面还大体保存着圆筒式的弧形，从弧线的圆度推测起来，原来的直径应有一尺光景，不知是多少磅重的炸弹了。另一面是破裂面，巉峻削凹凸，有些部分像峭壁，有些部分像危岩，锋棱锐利得同刀口一样。

江湾一带曾因战事炸毁过许多房子，炸杀过许多人。仅就立达学园一处说，校舍被毁的过半数，那次我去时瓦砾场上还见到未被收敛的死尸。这小小的一块炸弹裂片，当然参与过残暴的工作，和刽子手所用的刀一样，有着血腥气的。论到证据的性质，这确是"铁证"了。

　　我把这铁证放在案头上作种种的联想，因为锋棱又锐利摆不平稳，每一转动，桌上就起擦损的痕迹。最初就想配了架子当作假山来摆。继而觉得把惨痛的历史的证物，变装为古董性的东西，是不应该的。一向传来的古董品中，有许多原是历史的遗迹，可是一经穿上了古董的衣服，就减少了历史的刺激性，只当作古董品被人玩耍了。

　　这块粗糙的钢铁，不久就被我从案头收起，藏在别处，忆起时才取出来看。新近搬家整理物件时被家人弃置在杂屑篓里，找寻了许久才发见。为永久保藏起见，颇费过些思量。摆在案头吧，不平稳，而且要擦伤桌面。藏在衣箱里吧，防铁锈沾惹坏衣服，并且拿取也不便。想来想去，还是去配了架子当作假山来摆在案头好。于是就托人到城隍庙一带红木铺去配架子。

　　现在，这块钢铁片，已安放在小小的红木架上当作假山摆在我的案头了。时间经过三年之久，全体盖满了黄褐色的铁锈，凹入处锈得更浓。碎裂的整块的，像沈石田的峭壁，细杂的一部分像黄子久的皴法，峰冈起伏的轮廓有些像倪云林。客人初见到这座假山的，都称赞它有画意，问我从什么地方获得。家里的人对它也重视起来，不会再投入杂屑篓里去了。

　　这块钢铁片现在总算已得到了一个处置和保存的方法了，可是同时却不幸地着上了一件古董的衣裳，为减少古董性显出历史性起见，我想写些文字上去，使它在人的眼中不仅是富有画意的假山。

　　写些什么文字呢？诗歌或铭吗？我不愿在这严重的史迹上弄轻薄的文字游戏，宁愿老老实实地写几句记实的话。用什么来写呢？墨色在铁上是显不出的，照理该用血来写，必不得已，就用血色的朱漆吧。今天已是二十四年的一月十日了，再过十八日，就是今年的"一·二八，"我打算在"一·二八"那天来写。

（原载于1935年《中学生》第五十二号）

一种默契

走到街上去，差不多每一条马路上可以见到"关店在即拍卖底货"的商店，这些商店之中，有的果然不久就关门了，有的老是不关门，隔几个月去看，玻璃窗上还是贴着"关店在即拍卖底货"的红纸，无线电收音机在嘈杂地响。

商店号召顾客的策略，向来是用"开幕""几周年纪念""春季""秋季"或"冬至"等的美名来做廉价的借口的，现在居然用"关店"的恶名来做幌子了。有的竟异想天开，并不关店，也假冒着关店的恶名。最近在报上看见一家皮货铺的"关店大贱卖"的大幅广告，后面还附登着某律师代表该皮货铺清算的启事。这大概因为恐怕别人不信他们的关店是真正的关店，所以再附一个律师代表清算的广告，表明他们真是要关店了，并不假冒。

在上海，关店的话寻常叫做"打烊"，如果你对某商店的人问"你们晚上几点钟关店门"，那店里的人就会怪你不识相，说不定会给你吃一记耳光。凡是老上海，都懂得这规矩，不说"你们晚上几点钟关店门"，改说"你们晚上几点钟打烊"。因为"关店"是不吉利的话。这一向讨人厌恶的"关店"，现在居然时髦起来了，关店的坦白地自己声明"关店"，不关店的也要借了"关店"来号召，甚至还有怕别人不肯相信，在"关店"广告上叫律师来代表清算，证明关店是实。商业上一向怕提的"关店"一语，到今日差不多已和废历除夕所贴的"关门大吉"一样，是吉祥的用语了。这一个月来，我们日日可以在报上看到关店的广告，有银行，有钱庄，有公司，有各式各样的店。他们所说的话，千篇一律地是"本店受市面不景气影响，以致周转不灵……"的一套，说的人态度很坦然，毫不难为情，我们看的人也认为很寻常，觉得并无什么不该。似乎彼此之间，已自然而然地发生着一种的默契了。

这默契如果伸说起来，范围实在可以扩充得很广。大学生毕业了没事做，社会上认为当然，本人也不觉得有什么可怪。工人、商人突然失业了，亲友爱莫能助，本人也觉得无可如何，只好挨了饿来忍耐。房租好几个月付不出，住户及邻右都认为常事，房东虽不快，近来也只能迁就，到了公堂上，法官因市面不好，也竟无法作严厉的判断。穷困、走投无路，已成为现世的实况，彼此因了境况相似和事实明显，成就了一种默契。后来的道德、习惯等等，在这默契之下，恐将不能再维持它的本来面目了。

再过几时，也许"穷""苦"等可憎的话会转成时髦漂亮的称谓呢。

（原载于1935年《太白》第二卷第一期）

试　炼

搬家到这里来以后，才知道附近有两所屠场。一所是大规模的西洋建筑，离我所住地方较远，据说所屠杀的大部分是牛。偶然经过那地方，除有时在近旁见到一车一车的血淋淋的牛肉或带毛的牛皮外，不听到什么恶声，也闻不到什么恶臭。还有一所是旧式的棚屋，所屠杀的大部分是猪。棚屋对河一条路是我出去回来常要经过的，白天看见一群群的猪被拷押着走过，闻着一股臭气，晚间听到凄惨的叫声。

我尚未戒肉食，平日吃牛肉，也吃猪肉，但见到血淋淋的整车的新从屠场运出来的牛体，听到一阵阵的猪的绝命时的惨叫，总觉得有些难当。牛肉车不是日日碰到的，有时远远地见到了就俯下了头管自己走路让它通过，至于猪的惨叫是所谓"夜半屠门声"，发作必在夜静人定以后。我日里有板定的工作，探访酬酢及私务处理都必在夜间，平均一星期有三四日不在家里吃夜饭，回家来往往要到十点至十一点模样。有时坐洋车，有时乘电车在附近下车再步行。总之都不免听到这夜半的屠门声。

在离那儿数十步的地方已隐隐听到猪叫了。同时有好几只猪在叫，突然来一个尖利的曳长的声音，这不消说这是一只猪绝命了的表出。不多时继续地又是这么尖利的一声。我坐在洋车上不禁要用手掩住耳朵，步行时总是疾速地快走，但愿这声音快些离开我的听觉范围，不敢再去联想什么，想象什么。到了听不见声音的地方，才把心放下，那情形宛如从恶梦里醒来一样。

为要避免这苦痛，我曾想减少夜间出外的次数，或到九点钟模样就回家来，可是事实常不许这样。尤其是废历年关的几天，我的外出的机会更多了。屠场的屠杀也愈增加了，甚至于白天经过，也要听到悲惨的叫声。

"世界是这样，消极地逃避是不可能的。你方才不是吃猪肉的吗？那么为什么听到了杀猪就如此害怕？古来有志的名人为了要锻炼胆力，曾有故意到刑场去看行刑的事。现世到处有天灾人祸，世界大战又危机日迫，你如果连杀猪都要害怕，将来到了流血成河、杀人盈野的时候怎样？要改革现社会，就得先有和现社会罪恶对面的勇气，你如果能把猪的绝命的叫声老实谛听，或实地去参观杀猪的情形，也许因此会发起真正的慈悲心来，废止肉食。假惺惺的行为，毕竟只是对于自己的欺骗，不是好汉的气概！"有一天，在亲戚家里吃了年夜饭回来，我曾这样地在电车中自语。

下了电车，走近河边，照例就隐约地有猪叫声到耳朵里来了。棚屋中的灯光隔河望去特别地亮，还夹入着热蓬蓬的烟雾。我抱了方才的决心步行着故意去听，总觉得有些难耐。及接连听到那几声尖利的惨叫，不由自主地又把两耳掩住了。

（原载于1935年《中学生》第五十三号）

阮玲玉的死

电影女伶阮玲玉的死，叫大众非常轰动。这一星期以来，报纸上连续用大幅记载着她的事，街谈巷语都以她为话题。据说：跑到殡仪馆去瞻观遗体的有几万人，其中有些人是特从远地赶来的。出殡的时候沿途有几万人看。甚至还有两个女子因她的死而自杀。轰动的范围之广为从来所未有。她死后的荣哀，老实说，超过于任何阔人，任何名流，至于那些死后要大发讣闻号召吊客，出材时要靠许多叫花子来绷场面的大丧事，更谈不上了。

一个电影女伶的死竟会如此轰动大众，这原因说起来原不简单。第一，她的死是自杀的，自杀比生病死自然更易动人；第二，她的死是为了恋爱的纠纷，桃色事件照例是容易引起大众的注意的；第三，她是一个电影伶人，大众虽和她无往来，但在银幕上对她有相当的认识，抱有相当的好感。这三种原因合在一起遂使她的死如此轰动大众。

如果把这三种原因分析比较起来，我以为第三个原因是主要的，第一、第二并不是主要的原因。现今社会上自杀的人差不多日日都有，桃色事件更不计其数，因桃色事件而自杀的男女也不知有过多少，何以不曾如此轰动大众呢？阮玲玉的死所以如此使大众轰动，主要原因就在大众对她有认识，有好感，换句话说，她十年来体会大众的心理，在某程度上是曾能满足大众要求的。同是电影女伶，同是自杀的一年以前有过一个艾霞，社会人士虽也曾为之惋惜，却没有如此轰动，那是因她上银幕未久，作品不多，工力尚未能深入人心的缘故。

不论音乐、绘画、文学或是什么，凡是真正的艺术，照理都该以大众为对象，努力和大众发生交涉的。艺术家的任务就在用了他的天分体会大众的心情，用了他的技巧满足大众的要求。好的艺术家，必和大众接近，同时为大众所认识所爱戴。普式庚出殡时啜泣而送的有几万人，陀思妥夫斯基的死，许多人有为之号哭，农民画家米莱的行事和作品到今还在多数人心里活着不死。他们一向不忘记大众，一切作为都把大众放在心目中，所以大众也不忘记他，把他们放在心目中。这情形原不但艺术上如此，政治上、道德上、事业上、学问上都一样。凡是心目中没有大众的，任凭他议论怎样巧、地位怎样高、声势怎样盛，大众也不会把他放在心目中。

现在单就艺术来说，在各种艺术之中，最易有和大众接触的机会的要算戏剧和文学。因为戏剧天然有许多观众，文学靠了印刷的传布，随时随地可得到读者。

同是戏剧，电影比一向的京剧、昆剧接近大众得多。这只要看京剧、昆剧已观客渐少而电影院到处林立的现象，就可知道。在今日，旧剧的名伶——假定是梅兰芳氏吧，有一天如果死了，死因无论怎样，轰动大众的程度，决不及这次的阮玲玉，这是可预言的。电影伶人卓别林将来死时，必将大大地有一番轰动，这也是可预言的。因为电影在性质上比歌剧接近着大众，它的艺术材料及演出方法，在对大众接触一点上有着种种旧剧所没有的便利。阮玲玉的表演技术原不能说已了不得，已好到了绝顶，她在电影上的工力，和从来名伶在旧剧上的工力，两相比较起来，也许不及。她的所以能因了相当的成就，收得较大的效果，可以说因为她是电影伶人的缘故。如果她以同样的工力投身在旧剧中，也许只是一个平常的女伶而已。这完全是艺术材料和方法进步不进步的关系。

　　同样的情形也可应用到文学上。文学是用文字做的艺术，它的和大众接近，本来就没有像电影的容易。电影只要有眼睛的就能看，文学却须以识得懂得文字为条件，文学对于文盲，其无交涉等于电影之对于瞎子。国内瞎子不多，文盲却自古以来占着大多数，到现在还是占着大多数。文学在中国根本是和大众绝缘的东西。救济的方法，一方面固然须普及教育，扫除文盲，一方面还得像旧剧改进到电影的样子，把文学的艺术材料和演出方法改进，使容易和大众接近，世间各种新文学运动，用意不外乎此。新文学运动，离成功尚远，并且还有各种各样的阻力在加以障碍。例如到现在还居然有人主张作古文读经。中国自古有过许多杰出的文人，现世也有不少好的文人，可是大众之中认识他们，爱戴他们的人有多少呢？长此下去，中国文人心目中没有大众的不必说了，即使心目中想有大众，也无法有大众吧。中国文人死的时候，像阮玲玉似的能使大众轰动的，过去固然不曾有过，最近的将来也决不会有吧。这是可使我们做文人的愧杀的。

（原载于1935年《太白》第二卷第二期）

读诗偶感

　　数年前，经朱佩弦君的介绍，求到了黄晦闻（节）氏的字幅。黄氏是当代的诗家，我求他写字的目的，在想请他写些旧作，不料他所写的却不是自己的诗，是黄山谷的《戏赠米元章二首》。那诗如下：

> 万里风帆水着天，麝煤鼠尾过年年。
>
> 沧江静夜虹贯月，定是米家书画船。
>
> 我有元晖古印章，印刓不忍与诸郎。
>
> 虎儿笔力能扛鼎，教字元晖继阿章。

字是写得很苍劲古朴的，把它装裱好了挂在客堂间里，无事的时候，一个人看着读着玩。字看看倒有味，诗句读读却感到无意味，不久就厌倦了把它收藏起来，换上别的画幅。

　　近来，听说黄氏逝世了，偶然念及，再把那张字幅拿出来挂上，重新来看着读着玩。黄氏的字仍是有味的，而山谷的诗句仍感到无意味。于是我就去追求这诗对我无意味的原因。第一步把平日读过的诗来背诵，发现我所记得的诗里面，有许多也是对我意味很少或竟是无意味的，再去把唐宋人的集子来随便翻，觉得对我无意味的东西竟着实不少。

文艺作品的有意味与无意味，理由当然不很简单，说法也许可以各人不同吧。我现在所觉到的，只是一点，就是：对我的生活可以发生交涉的有意味，否则就无意味。让我随便举出一首认为有意味的诗来，如李白的《静夜思》：

床前明月光，疑是地上霜。

举头望明月，低头思故乡。

这首诗从小就记熟，觉得有意味，至今年纪大了，仍觉得有意味。第一，这里面没有用着一定的人名，任何人都可以做这首诗的主人公。"疑"，谁"疑"呢？你疑也好，我疑也好，他疑也好，"举头""望""低头""思"，这些动作，任凭张三、李四来做都可以。诗句虽是千年以前的李白做的，至今任何人在类似的情景之下，都可以当作自己的创作来念。心中所感到的滋味，和作者李白当时所感到的可以差不多。第二，这里面用着不说煞的含蓄说法，只说"思故乡"，不加"恋念""悲哀"等等的限定语。为父母而思故乡也好，为恋人而思故乡也好，为战乱而思故乡也好，什么都可以。犹之数学公式中的X，任凭你代入什么数字去，都可适用。如果前人的文学作品可以当遗产的话，这类的作品，的确可以叫做遗产的了。

再回头来读山谷的那两首诗：第一首是写米元章的船中书画生活的，米元章工书画，当时做着名叫"发运司"的官，长期在江淮间船上过活，船里带着许多书画，自称"米家书画船"。

第二首是说要将自己所郑重珍藏的晋人谢元晖的印章赠与米元章的儿子虎儿（名友仁），说虎儿笔力好，可取字元晖，使用这印章，继承父业。这两首诗在山谷自己不消说是有意味的，因为发挥着对于友人的情感，在米元章父子也当然有意味，因为这诗为他们而作。但是对千年以后的我们发生什么交涉呢？我们不住在船中，又不会书画，也没有古印章，也没有"笔力能扛鼎"的儿子，所以读来读去，除了些记得一件文人的故事和诗的本来的平仄音节以外，毫不觉得有什么了。如果用遗产来作譬喻，李白的《静夜思》是一张不记名的支票，谁拿到了都可支取使用，籴米买菜。山谷的《戏赠米元章二首》是一张记名的划线支票，非凭记着的那人不能支取，而这记着的那人却早已死去了的。于是这张支票捏在我们手里，只好眼睛对它看看而已。

山谷的集子里当然也有对我们有意味的诗，李白的集子里也有对我们无意味的诗，上面所说的只是我个人现在的选择见解。依据这见解把从来汗牛充栋的诗集、文集、词集来检验估价，被淘汰的东西，将不知有若干。以前各种各样的选本，也不知该怎样翻案才好。这对于古人也许是一种忤逆，但为大众计，是应该的，我们对于前人留下来的文艺作品，要主张读的权利，同时要主张有不读的自由。

（原载于1935年《中学生》第五十五号）

坪内逍遥

明治维新以后，日本的文化界现出长足的进步，这进步不能不归功于几个特志的先驱者。就文艺方面说，近代日本文艺史上，如果没有了高山樗牛、正冈子规、国木田独步、二叶亭四迷、坪内逍遥、夏目漱石、森鸥外等几个，日本的新文艺决没有今日的成果，可断言的。这几个人在各方面给与青年以新刺激，树立了文艺上的各种新基础，可以说是日本文艺界的恩人。

在这几个人里面，坪内逍遥是死得最后的一个。他名雄藏，号逍遥，又号小羊。生于安政六年（一八五九），本年二月二十八日逝世，享年近八十岁。他原是一个政治科的大学生，因为平日多与小说接近，遂把趣味倾向到文学上去。日本当时离维新不久，各方面都有崇尚欧化的倾向，这时代的青年，尤其是大学生，皆以新文化的建设者自待，坪内氏是文艺革新的先驱者。

坪内氏的功绩，第一步是对于小说界的贡献。明治初期的日本小说有着两种倾向，一是封建时代残余下来的劝善惩恶的主旨，二是政治主张的宣传，即所谓政治小说。前者是他们模仿汉学的遗影，后者是当时维新的政治上变革的影响。坪内氏于学生时代耽读司各德、莎士比亚等的西洋作品，一壁试行写作，于明治十八年（一八八五）发表《当世书生气质》。这是模仿了西洋小说写成的东西，和从来的日本小说大异其趣。里面所写的是八个求学的青年在首都东京过着奔放生活的情形，以维新后的新空气做着背景。这小说现在早已没人读了，技巧上也未脱旧小说的窠臼，可是在那时是划时代的作品。日本的写实风的小说，第一部就是这《当世书生气质》。

《当世书生气质》一时颇引起文坛的议论，同年，坪内氏又发表了一本《小说神髓》，主张小说的主眼在人情的描写，排斥从来劝善惩恶政治宣传的主义，并论及小说的起源、变迁及批评等等。这部书一方面是《当世书生气质》的解释，一方面又是指导小说的原理的东西。给后来的日本文坛，开了一条先路，在文学史上很是有名的。

坪内氏在《当世书生气质》以后，也曾写过好几篇小说，可是都不曾出名。把他的《小说神髓》里的主张应用在小说上而成功的，是二叶亭四迷。二叶亭四迷的《浮云》，出世比《小说神髓》稍后，是至今还有人喜读的小说，全体用现代语写，技巧远在《当世书生气质》以上。坪内氏见了《浮云》，就断念于小说的创作。他说："有了二叶亭，我不必再从事于这方面了。"真可谓有自知之明的人。

他断念于小说以后，专心在戏剧上努力。他所作的剧本，第一部是明治二十九年出版的《桐一叶》，此外，如《孤城落日》《牧者》《义时的结局》《名残星月夜》《阿夏狂乱》《良宽与保姆》等，都很有名。他所作的戏剧，大部分是所谓"新歌舞伎剧"，立脚于史实，用日本传统的"歌舞伎剧"的方法表演。他在戏剧上的功绩在历史剧的确立和悲剧的开拓。他的埋头于莎士比亚的研究，目的就在这上面。因为莎士比亚的作品中，有不少的史剧与悲剧。朗读法、言语术，是他最所关心的方面。据说，他在教室中对学生讲读莎士比亚剧本的时候，常用戏子在舞台上说白的口吻；与人杂谈，也往往会模仿某剧中某角色的调子。他对于新派剧演员的不讲究言语的工夫，很是不满，曾说："戏剧是言语的艺术，言语的质、种类、调子都得选择。"他对于言语的苦心可见一斑了。

他被认为日本戏剧界的恩人。可是他所作的剧本，并没有全体上演。那最使他出名的《桐一叶》，排演也在发表后的十几年。因为新歌舞伎剧不比新剧，是需要特种的演员的。他的最可惊异的成功的工作，倒是莎士比亚剧本的翻译。他的对于莎士比亚的造诣，不但在日本没有第二个，在全世界也是有数的人。这次死去的时候，英国驻日本的公使，曾亲往吊唁，在吊辞中盛称他对于英国文献的劳绩。他的研究莎士比亚剧，差不多有五十年之久。翻译的剧本，几十年前早已陆续刊行了，只管订正，只管修改，到去年全部才有定本，由中央公论社出版。这与其说翻译，不如说是创作。原来，他是从事于新歌舞伎剧的，莎士比亚的剧本经他翻译，言语的调子已毫无英语色彩，全部成了日本新歌舞伎剧中的说白了。他所译的莎士比亚剧，可以由新歌舞伎的戏子演出，而于原文的意义却要力求不差，这是何等艰苦的事！

坪内氏不但是文学上有功的人，在教育上也值得记忆。他最初做过塾师，执过中学的教鞭，后来任早稻田大学教授数十年。他的塾徒，有丘浅次郎、长谷川如是闲等的名人。早稻田大学出身的学生里更有不少在各方面杰出的分子。

坪内氏在剧本以外还有几种著作，《小羊漫言》《文学这时那时》《英文学史》等较有名。最近出版的还有随笔集《梺的蒂》。他在热海有一个别庄，名叫双梺舍，《梺的蒂》盖由此命名的。

（原载于1935年《中学生》第五十六号）

早老者的忏悔

朋友间谈话，近来最多谈及的是关于身体的事。不管是三十岁的朋友，四十左右的朋友，都说身体应付不过各自的工作，自己照起镜子来，看到年龄以上的老态。彼此感慨万分。

我今年五十，在朋友中原比较老大。可是自己觉得体力减退，已好多年了。三十五六岁以后，我就感到身体一年不如一年，工作起不得劲，只是恹恹地勉强挨，几乎无时不觉到疲劳，什么都觉得厌倦，这情形一直到如今。十年以前，我还只四十岁，不知道我年龄的都说我是五十岁光景的人，近来居然有许多人叫我"老先生"。论年龄，五十岁的人应该还大有可为，古今中外，尽有活到了七十八十，元气很盛的。可是我却已经老了，而且早已老了。

因为身体不好，关心到一般体育上的事情，对于早年自己的学校生活发见一个重大的罪过。现在的身体不好，可以说是当然的报应。这罪过是什么？就是看不起体操教师。

体操教师的被蔑视，似乎在现在也是普通现象。这是有着历史关系的。我自己就是一个历史的人物。三十年前，中国初兴学校，学校制度不像现在的完整。我是弃了八股文进学校的，所进的学校，先后有好几个，程度等于现在的中学。当时学生都是所谓"读书人"，童生、秀才都有，年龄大的可三十岁，小的可十五六岁，我算是比较年轻的一个。那时学校教育虽号称"德育、知育、体育并重"，可是学生所注重的是"知育"，学校所注重的也是"知育"，"德育"和"体育"只居附属的地位。在全校的教师之中，最被重视的是英文教师，次之是算学教师、格致（理化博物之总名）教师，最被蔑视的是修身教师、体操教师。大家把修身教师认作迂腐的道学家，把体操教师认作卖艺打拳的江湖家。修身教师大概是国文教师兼的，体操教师的薪水在教师中最低，往往不及英文教师的半数。

那时学校新设，各科教师都并无一定的资格，不像现在的有大学或专门科毕业生。国文教师、历史教师，由秀才、举人中挑选，英文教师大概向上海聘请，圣约翰书院（现在改称大学，当时也叫梵王渡）出身的曾大出过风头，算学、格致教师也都是把教会学校的未毕业生拉来充数。论起资格来，实在薄弱得很。尤其是体操教师，他们不是三个月或半年的速成科出身，就是曾经在任何学校住过几年的三脚猫。那时一面有学校，一面还有科举，大家把学校教育当作科举的准备。体操一科，对于科举是全然无关的，又不像现在学校的有竞技选手之类的名目，谁也不去加以注重。在体操时间，有的请假，有的立在操场上看教师玩把戏，自己敷衍了事。体操教师对于所教的功课，似乎也并无何等的自信与理论，只是今日球类，明日棍棒，轮番着变换花样，想以趣味来维系人心。可是学生老不去睬他。

蔑视体操科，看不起体操教师，是那时的习惯。这习惯在我竟一直延长下去，我敢自己报告，我在以后近十年的学生生活中，不曾用了心操过一次的体操，也不曾对于某一位体操教师抱过尊敬之念。换一句话说，我在学生时代不信"一二三四"等类的动作和习惯会有益于自己后来的健康。我只觉得"一二三四"等类的动作干燥无味。

朋友之中，有每日早晨在床上作二十分操的，有每日临睡操八段锦的，据说持久着做，会有效果，劝我也试试。他们的身体确比我好得多，我也已经从种种体验上知道运动的要义不在趣味而在继续持久，养成习惯。可是因为一向对于这些上面厌憎，终于立不住自己的决心，起不成头，一任身体一日不如一日。

我们所过的是都市的工商生活，房子是鸽笼，业务头绪纷烦，走路得刻刻留心，应酬上饮食容易过度，感官日夜不绝地受到刺激，睡眠是长年不足的，事业上的忧虑、生活上的烦闷是没有一刻忘怀的，这样的生活当然会使人早老早死。除了捏锄头的农夫以外，却无法不营这样的生活，这是事实，积极的自救法，唯有补充体力，及早预备好了身体来。

"如果我在学生时代不那样蔑视体操科，对于体操教师不那样看他们不起，多少听受他们的教诲，也许……"我每当顾念自己的身体现状时常这样暗暗叹息。

（原载于1935年《中学生》第五十八号）

整理好了的箱子

他傍晚从办事的地方回家，见马路上逃难的情形较前几日更厉害了，满载着铺盖、箱子的黄包车、汽车、搬场车，衔头接尾地齐向租界方面跑，人行道上一群一群地立着看的人，有的在交头接耳谈着什么，神情慌张得很。

他自己的里门口，也有许多人在忙乱地进出，里里面还停放着好几辆搬场车子。

她已在房内整理好了箱子。

"看来非搬不可了，里里的人家差不多快要搬空，本来留剩的已没几家，今天上午搬的有十三号、十六号，下午搬的有三号、十九号，方才又有两部车子开进里面来，不知道又是哪几家要搬。你看我们怎样？"

"搬到哪里去呢？听说黄包车要一块钱一部，汽车要隔夜预定，旅馆又家家客满。倒不如依我的话，听其自然吧。我不相信真个会打仗。"

"半点钟前王先生特来关照，说他本来也和你一样，不预备搬的，昨天已搬到法租界去了。他有一个亲戚在南京做官，据说这次真要打仗了。他又说，闸北一带今天晚上十二点钟就要开火，叫我们把箱子先搬出几只，人等炮声响了再说。"

"所以你在整理箱子？我和你没有什么好衣服，这几只箱子值得多少钱呢？"

"你又来了，'一·二八'那回也是你不肯先搬，后来光身逃出，弄得替换衫裤都没有，件件要重做，到现在还没添配舒齐，难道又要……"

"如果中国政府真个会和人家打仗，我们什么都该牺牲，区区不值钱的几只箱子算什么？恐怕都是些谣言吧。"

"…………"

几只整理好了的箱子胡乱地叠在屋角，她悄然对了这几只箱子看。

搬场汽车啵啵地接连开出以后，弄里面赖以打破黄昏的寂寞的只是晚报的叫卖声，晚报用了枣子样的大字列着"×××不日飞京，共赴国难，精诚团结有望""五全大会开会"等等的标题。

他傍晚从办事的地方回家，带来了几种报纸，里面有许多平安的消息，什么"军政部长何应钦声明对日亲善外交决不变更"，什么"窦乐安路日兵撤退"，什么"日本总领事声明决无战事"，什么"市政府禁止搬场"。她见了这些大字标题，一星期来的愁眉为之一松。

"我的话不错吧，终究是谣言。哪里会打什么仗？"

"我们幸而不搬，隔壁张家这次搬场，听说花了两三百块钱呢。还有宝山路李家，听说一家在旅馆里困地板，连吃连住要十多块钱一天的开销，家里昨天晚上还着了贼偷。李太太今天到这里，说起来要下泪。都是造谣言的害人。"

"总之，中国人难做是真的。——这几只箱子不知道要到什么时候才有牺牲的机会呢？"

几只整理好了的箱子胡乱地叠在屋角，他悄然对了这几只箱子看。

打破里内黄昏的寂寞的仍旧还只有晚报的叫卖声，晚报上用枣子样的大字列着的标题是"日兵云集榆关"。

（原载于1935年《中学生》第六十号）

我的畏友弘一和尚

弘一和尚是我的畏友。他出家前和我相交者近十年，他的一言一行，随在都给我以启诱。出家后对我督教期望尤殷，屡次来信，都劝我勿自放逸，归心向善。

佛学于我向有兴味，可是信仰的根基，迄今还没有建筑成就。平日对于说理的经典，有时感到融会贯通之乐，至于实行修持，未能一一遵行。例如说，我也相信唯心净土，可是对于西方的种种客观的庄严，尚未能深信。我也相信因果报应是有的，但对于修道者所宣传的隔世的奇异的果报，还认为近于迷信。关于这事，在和尚初出家的时候，曾和他经过一番讨论，和尚说我执着于"理"，忽略了"事"的一方面，为我说过"事理不二"的法门。我依了他的谆嘱读了好几部经论，仍是格格难入。从此以后，和尚行脚无定，我不敢向他谈及我的心境，他也不来苦相追究，只在他给我的通信上时常见到"衰老浸至，宜及时努力"珍重等泛劝的话而已。

自从白马湖有了晚晴山房以后，和尚曾来小住过几次，多年来阔别的旧友复得聚晤的机会。和尚的心境，已达到了什么地步，我当然不知道，我的心境，却仍是十年前的老样子，牢牢地在故步中封止着。和尚住在山房的时候，我虽曾虔诚地尽护法之劳，送素菜，送饭，对于佛法本身却从未说到。

有一次，和尚将离开山房到温州去了。记得是秋季，天气很好，我邀他乘小舟一览白马湖风景，在船中大家闲谈。话题忽然触到蕅益大师。蕅益名智旭，是和莲池、紫柏、憨山同被称为明代四大师的。和尚于当代僧人则推崇印光，于前代则佩仰智旭，一时曾颜其住室曰旭光室。我对于蕅益，也曾读过他不少的著作。据灵峰宗论上所附的传记，他二十岁以前原是一个竭力谤佛的儒者，后来发心重注《论语》，到《颜渊问仁》一章，不能下笔，于是就出家为僧了。在传下来的书目中，他做和尚以后，曾有一部著作叫《四书蕅益解》的，我搜求了多年，终于没有见到。这回和和尚谈来谈去，终于说到了这部书上面。

"《四书蕅益解》前几个月已出版了。有人送我一部，我也曾快读过一次。"和尚说。

"蕅益的出家，据说就为了注四书，他注到《颜渊问仁》一章据说不能下笔，这才出家的。《四书蕅益解》里对《颜渊问仁》章不知注着什么话呢？倒要想看看。"我好奇地问。

"我曾翻过一翻，似乎还记得个大概。"

"大意怎样？"我急问。

"你近来怎样，还是唯心净土吗？"和尚笑问。

"……"我不敢说什么，只是点头。

"《颜渊问仁》一章，可分两截看。孔子对于颜渊说：'克己复礼。'复礼只要'克己复礼'本来具有的，不必外求为仁，这是说'仁'是就够了。这和你所见到的唯心净土说一样。但是颜渊还要'请问其目'，孔子告诉他'非礼勿视，非礼勿听，非

礼勿言，非礼勿动'，这是实行的项目。'克己复礼'是理，
'非礼勿视'等等是事。所以颜回下面有'请事斯语矣'的话。
理是可以顿悟的，事非脚踏实地去做不行。理和事相应，才是真
实工夫，事理本来是不二的。——蕅益注《颜渊问仁》章大概如
此吧，我恍惚记得是如此。"和尚含笑滔滔地说。

"啊，原来如此，既然书已出版了，我想去买来看看。"

"不必，我此次到温州去，就把我那部寄给你吧。"

和尚离白马湖不到一星期，就把《四书蕅益解》寄来了。书
面上仍用端楷写着"寄赠丏尊居士""弘一"的款识，我急去翻
《颜渊问仁》一章。不看犹可，看了不禁呀地自叫起来。

原来蕅益在那章书里只在"回虽不敏，请事斯语矣"下面注
着"僧再拜"三个字，其余只录白文，并没有说什么。出家前不
能下笔的地方，出家后也似乎还是不能下笔。所谓"事理不二"
等等的说法，全是和尚针对了我的病根临时为我编的讲义！

和尚对我的劝诱，在我是终身不忘的，尤其不能忘怀的是这
一段故事。这事离现在已六七年了，至今还深深地记忆着，偶然
念到，感着说不出的怅惘。

（原载于1936年《越风》第九期）

《十年》序

开明创立于1926，到今年十周年了，打算出一种书，一方面对读者界作有一点儿意义的贡献，另一方面也给自己作个纪念。这部小说集刊就是从这样打算之下产生的。给它题个名字，谁也会想到又现成又醒目的《十年》。于是它有了名字。

据一般批评家说，我国的新文学运动起来以后，小说方面的成就比较可观。开明自从创立的那一年起，就把刊行新体小说作为出版方针之一。到现在，大家都承认开明这一类的出版物中间，很有一些在现代文学史上占有地位的佳作。这是开明的荣誉。开明要永远保持它的荣誉，就约当代作家各替开明特写一篇新作，用来纪念开明，同时也给我国小说界留个鸟瞰的摄影。发育了将近二十年的新体小说成为什么样子了，虽然不能全般地看出，但是总可以从这里看出一大部分。在这一点上，这部书似乎有着不少的意义。

所约作家共有二三十位。到了集稿的期限，有些作家因为事情忙。有些作家因为要慎重推敲，尚未把稿子寄到，而存稿的篇幅却已不少了。我们不愿意叫许多作家失掉参与我们纪念的机会，乃改为分册出版，先将已收到的发表，不久再出《十年》续集。

末了，对于特地为本集撰稿的各位作家谨致真诚的感谢。

（原载于1936年开明书店版《十年》）

日本的障子

编者要我写些关于日本的东西，题材听我自找所喜欢的。我对于日本的东西，有不喜欢的，如"下驮"之类，也有喜欢的，如"障子"之类。既然说喜欢什么就写什么，那么让我来写"障子"吧。

所谓"障子"就是方格子的糊纸的窗户。纸窗是中国旧式家屋中常见到的，纸户纸门却不多见。中国家屋受了洋房的影响，即不是洋房，窗户也用玻璃了。日本则除真正的洋房以外，窗户还是用纸，不用玻璃。障子在日本建筑中是重要的特征之一。

据近来西洋学者的研究，太阳的紫外线通过纸较通过玻璃容易，纸窗在健康上比玻璃窗好得多。我的喜欢日本的障子，并非立脚于最近的科学上的研究，只是因为它富于情趣的缘故。

纸窗在我国向是诗的题材，东坡的"岁云书矣，风雨凄然。纸窗竹屋，灯火荧荧。时于此中，得稍佳趣"是能道出纸窗的情味的。姜白石的"等恁时重觅幽香，已入小窗横幅"当然也是纸窗特有的情味。这种情味是在玻璃窗下的人所不能领略的，尤其是玻璃窗外附装着铁杆子的家屋的住民。

日本的障子，比中国的纸窗范围用得更广，不但窗子用纸糊，门户也用纸糊。日本人是席地而坐的，室内并无桌椅床炕等类的家具。空空的房子，除了天花板、墙壁、席子以外，就是障子了。障子通常是开着的，住在室内，不像玻璃窗户的内外通见，比较安静得多。阳光射到室内，灯光映到室外，都柔和可爱。至于那剪影似的轮廓鲜明的人影，更饶情趣，除了日本，任何地方都难得看到。

日本障子的所以特别可爱，似乎有几个原因。第一是格孔大，木杆细，看去简单明瞭。中国现在的纸窗，格孔小，木杆又粗，有的还要拼出种种的花样图案，结果所显出的纸的部分太少了。第二是不施髹漆，日本家屋凡遇木材的部分，不论柱子、天花板、廊下地板、扶梯，都保存原来的自然颜色，不涂髹彩。障子也是原色的，木材过了若干时，呈楠木似的浅褐色，和糊上去的白纸，色很调和。第三是制作完密，拉移轻便。日本家屋的门户，用不着铰链，通常都是左右拉移。制作障子，有专门工匠，用的是轻木材，合笋对缝，非常正确。不必多费气力，就能"嘶"地拉开，"嘶"地拉拢。第四是纸质的良好。日本的皮纸，洁白而薄，本是讨人欢喜的。中国从前所用的糊窗纸，俗名"东洋皮纸"，也是从日本输入的，可是质料很差，不及日本人自己所用的"障子纸"好。障子纸洁白匀净，他们糊上格子去又顶真，拼接的地方一定在窗棂上，看不出接合的痕迹。日常拂拭甚勤，纸上不留纤尘，每年改糊二三次，所以总是干净洁白的。

日本趣味的可爱的一端是淡雅。日本很有许多淡雅的东西，如盆栽，如花卉屏插，如茶具，如庭园布置，如风景点缀，都是大家所赞许的。我以为最足代表的是障子，如果没有障子，恐怕一切都会改换情调，不但庭园、风景要失去日本的固有的情味，屏插、茶具等等的原来的雅趣也将难以调和了吧。

日本的文化，在未与西洋接触以前，十之八九是中国文化的摹仿。他们的雅趣，不消说是从中国学去的。即就盆栽一种而论，就很明白。现在各地花肆中所售的盆栽，恶俗难耐，古代的盆栽一定不至恶俗如此。前人图画中所写的盆栽，都是很有雅趣的，《浮生六记》里关于盆栽与屏插尚留有许多方法。因此我又想到障子，中国内地还有许多用纸窗的家屋，可是据我所见所闻，那构造与情味远不如日本的障子，也许东坡、白石所歌咏的纸窗，不像现在的样子吧。我们在前人绘画中，偶然也见到式样像日本障子的纸窗。

我喜欢日本的障子。

（原载于1936年《宇宙风》第二十五期）

鲁迅翁杂忆

我认识鲁迅翁，还在他没有鲁迅的笔名以前。我和他在杭州两级师范学校相识，晨夕相共者好几年。时候是前清宣统年间。那时他名叫周树人，字豫才，学校里大家叫他周先生。

那时两级师范学校有许多功课是聘用日本人为教师的，教师所编的讲义要人翻译一过，上课的时候也要有人在旁边翻译。我和周先生在那里所担任的就是这翻译的职务。我担任教育学科方面的翻译，周先生担任生物学科方面的翻译。此外，他还兼任着几点钟的生理卫生的教课。

翻译的职务是劳苦而且难以表现自己的，除了用文字语言传达他人的意思以外，并无任何可以显出才能的地方。周先生在学校里，却很受学生尊敬，他所译的讲义，就很被人称赞。那时白话文尚未流行，古文的风气尚盛，周先生对于古文的造诣，在当时出版不久的《域外小说集》里已经显出。以那样的精美的文字来译动物、植物的讲义，在现在看来似乎是浪费，可是在三十年前重视文章的时代，是很受欢迎的。

周先生教生理卫生，曾有一次，答应了学生的要求，加讲生殖系统。这事在今日学校里似乎也成问题，何况在三十年以前的前清时代。全校师生们都为惊讶，他却坦然地去教了。他只对学生提出一个条件，就是在他讲的时候，不许笑。他曾向我们说："在这些时候，不许笑是个重要条件。因为讲的人的态度是严肃的，如果有人笑，严肃的空气就破坏了。"大家都佩服他的卓见。据说那回教授的情形，果然很好。别班的学生，因为没有听到，纷纷向他来讨油印讲义看，他指着剩余的油印讲义对他们说："恐防你们看不懂的，要么，就拿去。"原来他的讲义写得很简，而且还故意用着许多古语，用"也"字表示女阴，用"丁"字表示男阴，用"乇"字表示精子，诸如此类，在无文字学素养未曾亲听过讲的人看来，好比一部天书了。这是当时的一段珍闻。

周先生那时虽尚年轻，丰采和晚年所见者差不多。衣服是向不讲究的，一件廉价的羽纱——当年叫洋官纱——长衫，从端午前就着起，一直要着到重阳。一年之中，足足有半年看见他着洋官纱。这洋官纱在我记忆很深。民国十五年初秋他从北京到厦门教书去，路过上海，上海的朋友们请他吃饭，他着的依旧是洋官纱。我对了这二十年不见的老朋友，握手以后，不禁提出"洋官纱"的话来。"依旧是洋官纱吗？"我笑说。"呃，还是洋官纱！"他苦笑着回答我。

周先生的吸卷烟，是那时已有名的。据我所知，他平日吸的都是廉价卷烟，这几年来，我在内山书店时常碰到他，见他所吸的总是金牌、品海牌一类的卷烟。他在杭州的时候，所吸的记得是强盗牌。那时他晚上总睡得很迟，强盗牌香烟、条头糕，这两件是他每夜必须的粮。服侍他的斋夫叫陈福，陈福对于他的任务，有一件就是每晚摇寝铃以前替他买好强盗牌香烟和条头糕。我每夜到他那里去闲谈，到摇寝铃的时候，总见陈福拿进强盗牌和条头糕来。星期六的夜里备得更富足。

周先生每夜看书，是同事中最会熬夜的一个。他那时不做小说，文学书是喜欢读的。我那时初读小说，读的以日本人的东西为多，他赠了我一部《域外小说集》，使我眼界为之一广。我在二十岁以前曾也读过西洋小说的译本，如小仲马、狄更斯诸家的作品，都是从林琴南的译本读到过的。《域外小说集》里所收的是比较近代的作品，而且都是短篇，翻译的态度、文章的风格，都和我以前所读过的不同。这在我是一种新鲜味。自此以后，我于读日本人的东西以外，又搜罗了许多日本人所译的欧美作品来读，知道的方面比较多起来了。他从五四以来，在文字上、思想上，大大地尽过启蒙的努力，我可以说在三十年前就受他启蒙的一个人，至少在小说的阅读方面。

周先生曾学过医学。当时一般人对于医药的见解，还没有现在的明瞭，尤其关于尸体解剖等类的话，是很新奇的。闲谈的时候，常有人提到这尸体解剖的题目，请他讲讲"海外奇谈"。他都一一说给他们听。据他说，他曾经解剖过不少的尸体，有老年的、壮年的、男的、女的。依他的经验，最初也曾感到不安，后来就不觉得什么了，不过对于年青的妇人和小孩的尸体，当开始去破坏的时候，常会感到一种可怜不忍的心情。尤其是小孩的尸体，更觉得不好下手，非鼓起了勇气，拿不起解剖刀来。我曾在

这些谈话上领略到他的人间味。

　　周先生很严肃，平时是不大露笑容的，他的笑必在诙谐的时候。他对于官吏，似乎特别憎恶，常摹拟官场的习气，引人发笑。现在大家知道的"今天天气……哈哈"一类的摹拟谐谑，那时从他口头已常听到。他在学校里是一个幽默者。

（原载于1936年《文学》第七卷第六号）

弘一法师之出家

今年旧历九月二十日，是弘一法师满六十岁诞辰。佛学书局，因为我是他的老友，嘱写些文字以为纪念，我就把他出家的经过加以追叙。他是三十九岁那年夏间披剃的，到现在已整整作了二十一年的僧侣生涯。我这里所述的，也都是二十一年前的旧事。

说起来也许会教大家不相信，弘一法师的出家可以说和我有关，没有我，也许不至于出家。关于这层，弘一法师自己也承认。有一次，记得是他出家二三年后的事，他要到新城掩关去了，杭州知友们在银洞巷虎跑寺下院替他饯行，有白衣，有僧人。斋后，他在座间指了我向大家道：

"我的出家，大半由于这位夏居士的助缘。此恩永不能忘！"

我听了不禁面红耳赤，惭悚无以自容。因为一，我当时自己尚无信仰，以为出家是不幸的事情，至少是受苦的事情，弘一法师出家以后即修种种苦行，我见了常不忍。二，他因我之助缘而出家修行去了，我却竖不起肩膀，仍浮沉在醉生梦死的凡俗之中。所以深深地感到对于他的责任，很是难过。

我和弘一法师（俗姓李，名字屡易，为世熟知者名曰息，字曰叔同）相识，是在杭州浙江两级师范学校（后改名浙江第一师范学校）任教的时候。这个学校有一个特别的地方，不轻易更换教职员。我前后担任了十三年，他担任了七年。在这七年中，我们晨夕一堂，相处得很好。他比我长六岁，当时我们已是三十左右的人了，少年名士气息，忏除将尽，想在教育上做些实际工夫。我担任舍监职务，兼教修身课，时时感觉对于学生感化力不足。他教的是图画、音乐二科，这两种科目，在他未来以前，是学生所忽视的。自他任教以后，就忽然被重视起来，几乎把全校学生的注意力都牵引过去了。课余但闻琴声、歌声，假日常见学生出外写生。这原因一半当然是他对于这二科实力充足，一半也由于他的感化力大。只要提起他的名字，全校师生以及工役没有人不起敬的。他的力量全由诚敬中发出，我只好佩服他，不能学他。举一个实例来说，有一次，寄宿舍里有学生失少了财物了，大家猜测是某一个学生偷的，检查起来却没有得到证据。我身为舍监，深觉惭愧苦闷，向他求教。他所指教我的方法，说也怕人，教我自杀！说：

"你肯自杀吗？你若出一张布告，说作贼者速来自首，如三日内无自首者，足见舍监诚信未孚，誓一死以殉教育。果能这样，一定可以感动人，一定会有人来自首。——这话须说得诚实，三日后如没有人自首，真非自杀不可。否则便无效力。"

这话在一般人看来是过分之辞，他提出来的时候，却是真心的流露，并无虚伪之意。我自愧不能照行，向他笑谢，他当然也不责备我。我们那时颇有些道学气，俨然以教育者自任，一方面又痛感到自己力量的不够。可是所想努力的，还是儒家式的修养，至于宗教方面简直毫不关心的。

有一次，我从一本日本的杂志上见到一篇关于断食的文章，说断食是身心"更新"的修养方法，自古宗教上的伟人，如释迦，如耶稣，都曾断过食。断食，能使人除旧换新，改去恶德，生出伟大的精神力量。并且还列举实行的方法及应注意的事项，又介绍了一本专讲断食的参考书。我对于这篇文章很有兴味，便和他谈及，他就好奇地向我要了杂志去看。以后我们也常谈到这事，彼此都有"有机会时最好把断食来试试"的话，可是并没有作过具体的决定，至少在我自己是说过就算了的。约莫经过了一年，他竟独自去实行断食了，这是他出家前一年阳历年假的事。他有家眷在上海，平日每月回上海二次，年假、暑假当然都回上海的。阳历年假只十天，放假以后我也就回家去了，总以为他仍照例回到上海了。假满返校，不见到他，过了两个星期他才回来，据说假期中没有回上海，在虎跑寺断食。我问他："为什么不告诉我？"他笑说："你是能说不能行的，并且这事预先教别人知道也不好，旁人大惊小怪起来，容易发生波折。"他的断食，共三星期。第一星期逐渐减食至尽，第二星期除水以外完全不食，第三星期起，由粥汤逐渐增加至常量。据说经过很顺利，不但并无苦痛，而且身心反觉轻快，有飘飘欲仙之像。他平日是每日早晨写字的，在断食期间，仍以写字为常课，三星期所写的字，有魏碑，有篆文，有隶书，笔力比平日并不减弱。他说断食时，心比平时灵敏，颇有文思，恐出毛病，终于不敢作文。他断食以后，食量大增，且能吃整块的肉（平日虽不茹素，不多食肥腻肉类）。自己觉得脱胎换骨过了，用老子"能婴儿乎"之意改名李婴。依然教课，依然替人写字，并没有什么和前不同的情形。据我知道，这时他还只看些宋元人的理学书和道家的书类，佛学尚未谈到。

转瞬阴历年假到了，大家又离校。哪知他不回上海，又到虎跑寺去了。因为他在那里住过三星期，喜其地方清静，所以又到那里去过年。他的皈依三宝，可以说由这时候开始的。据说，他自虎跑寺断食回来，曾去访过马一浮先生，说虎跑寺如何清静，僧人招待如何殷勤。阴历新年，马先生有一个朋友彭先生，求马先生介绍一个幽静的寓处，马先生忆起弘一法师前几天曾提起虎跑寺，就把这位彭先生陪送到虎跑寺去住。恰好弘一法师正在那里，经马先生之介绍，就认识了这位彭先生。同住了不多几天，到正月初八日，彭先生忽然发心出家了，由虎跑寺当家为他剃度。弘一法师目击当时的一切，大大感动，可是还不就想出家，仅皈依三宝，拜老和尚了悟法师为归依师。演音的名，弘一的号，就是那时取定的。假期满后，仍回到学校里来。

从此以后，他茹素了，有念珠了，看佛经了，室中供佛像了。宋元理学书偶然仍看，道家书似已疏远。他对我说明一切经过及未来志愿，说出家有种种难处，以后打算暂以居士资格修行，在虎跑寺寄住，暑假后不再担任教师职务。我当时非常难堪，平素所敬爱的这样的好友，将弃我遁入空门去了，不胜寂寞之感。在这七年之中，他想离开杭州一师，有三四次之多。有时是因为对于学校当局有不快，有时是因为别处来请他。他几次要走，都是经我苦劝而作罢的。甚至于有个一时期，南京高师苦苦求他任课，他已接受聘书了，因我恳留他，他不忍拂我之意，于是杭州、南京两处跑，一个月中要坐夜车奔波好几次。他的爱我，可谓已超出寻常友谊之外，眼看这样的好友，因信仰的变化，要离我而去，而且信仰上的事，不比寻常名利关系，可以迁就。料想这次恐已无法留得他住，深悔从前不该留他。他若早离开杭州，也许不会遇到这样复杂的因缘的。暑假渐近，我的苦闷也愈加甚，他虽常用佛法好言安慰我，我总熬不住苦闷。有一次，我对他说过这样的一番狂言：

"这样做居士究竟不彻底。索性做了和尚，倒爽快！"

我这话原是愤激之谈，因为心里难过得熬不住了，不觉脱口而出。说出以后，自己也就后悔。他却是仍是笑颜对我，毫不介意。

暑假到了，他把一切书籍、字画、衣服等等分赠朋友、学生及校工们，我所得到的是他历年所写的字、他所有折扇及金表等。自己带到虎跑寺去的，只是些布衣及几件日常用品。我送他出校门，他不许再送了，约期后会，黯然而别。暑假后，我就想去看他，忽然我父亲病了，到半个月以后才到虎跑寺去。相见时我吃了一惊，他已剃去短须，头皮光光，着起海青，赫然是个和尚了！他笑说：

"昨天受剃度的。日子很好，恰巧是大势至菩萨生日。"

"不是说暂时做居士，在这里住住修行，不出家的吗？"我问。

"这也是你的意思，你说索性做了和尚……"

我无话可说，心中真是感慨万分。他问过我父亲的病况，留我小坐，说要写一幅字，叫我带回去作他出家的纪念。他回进房去写字，半小时后才出来，写的是楞严《大势至念佛圆通章》，且加跋语，详记当时因缘，末有"愿他年同生安养共圆种智"的话。临别时我和他作约，尽力护法，吃素一年，他含笑点头，念一句"阿弥陀佛"。

自从他出家以后，我已不敢再谤毁佛法，可是对于佛法见闻不多，对于他的出家，最初总由俗人的见地，感到一种责任：以为如果我不苦留他在杭州，如果我不提出断食的话头，也许不会有虎跑寺马先生、彭先生等因缘，他不会出家。如果最后我不因惜别而发狂言，他即使要出家，也许不会那么快速。我一向为这责任之感所苦，尤其在见到他作苦修行或听到他有疾病的时候。近几年以来，我因他的督励，也常亲近佛典，略识因缘之不可思议，知道像他那样的人，是于过去无量数劫种了善根的。他的出家、他的弘法度生，都是夙愿使然，而且都是希有的福德，正应代他欢喜，代众生欢喜，觉得以前的对他不安、对他负责任，不但是自寻烦恼，而且是一种僭妄了。

（原载于1940年《佛学半月刊》第九卷第二十号）

读《清明前后》

　　不见茅盾氏已九年了。胜利以后，消息传来，说他的近作剧本《清明前后》在重庆上演，轰动一时。而十月十六日中央广播电台也设特别节目来介绍这剧本，说内容有毒素，叫看过的人自己反省一下，不要受愚，没有看过的不要去看。我被这些消息引起了趣味，纵不能亲眼看到舞台上的演出，至少想把剧本读一下。这期望抱得许久。等到上海版发行，就去买来，花了半日工夫把它一气读完。

　　故事并不复杂。本年清明前后，重庆发生了一件于国家不大名誉的事件，就是所谓黄金案。作者就以这哄动山城的事件为背景，来描写若干人物的行动。据他在《后记》中自己说明，是把当时某一天报上的新闻剪下来排列成一个记录，然后依据了这记录来动笔的。其中有青年失踪或被捕的事，有灾民涌到重庆来的事、工厂将倒闭的情形、小公务人员因挪用公款买黄金投机被罚办的情形、一般薪水阶级因物价上涨而挣扎受苦的情形、高利贷盛行的情形、闻人要人在各方面活跃的情形、官界商界互相勾结的情形。作者把这许多形形色色的事件写成一部剧本，将主题放在工业的现状与出路上面，叫工业家林永清夫妇做了剧中的男女主人公，暴露出本年清明前后重庆的政治、经济及社会、民生各方面的状况。如果说这剧本有毒素的话，那么就在暴露一点上，此外似乎并没有什么。

剧本的主题是工业的现状与出路。而作者对于出路，只在末幕用寥寥几句话表出，认为"政治不民主，工业就没有出路"，其全部气力，倒倾注于现状的描写上。更新铁工厂主总经理林永清，于"八一三"战时依照政府国策辛辛苦苦把全部工厂设备与工人搬到重庆，经营了许多年，结果落了亏空，借重利债款至二千万元之多。为要苟延工厂的命脉，不惜牺牲了平生洁白的工业志愿，竟想向某财阀借一笔新借款来试作黄金投机，结果偷鸡不着，损了一把米。这里所表现的是金融资本压倒实业资本的情形。中国有金融资本家而没有实业资本家，工业的不能繁荣，关键全在于此。战前这样，战时越加这样。中国资本家不肯让资本呆在一处，他们有时虽也将资金投在实业机关中，但只是借款，不愿作为股本。他们宁愿买黄金、外汇、公债、地产、货物或热门股票，因为这些东西日日有市面，可以获利了就脱手，把资金卷而怀之，不像工厂中的机器、设备、原料、制品与未成品等，脱手不易，搬动困难。用十万万元的资金来办工厂，可以有出品，可以养活几百个职工，然而他们不肯这样做。他们宁愿保持流动资金，借此来盘放做买卖，一间写字间，一只电话，用几个亲戚私人办理业务，无罢工的威胁，政府无从向他们收捐税，多么自由干脆。他们的放款都是高利短期，六个月一比，或三个月一比。在战时甚至一日一比，即所谓"儿角钱过夜"的就是。工业界为了要发展事业，需要流动资金是必然的。为了求得流动资金之故，办工业者不得不分心于人事关系上，不得不屈伏于拥资者的苛刻条件。结果把全部工厂的管理权交到金融资本家手中去。金融资本家，在中国一向是经济界的骄子。此中情形，作者看得很明白，过去的作品如《子夜》中就写过这内幕。《子夜》中所写的是平时的状况，而这剧本中所写的是战时的状况。比较起来，后者酷虐的情形愈明显愈加凶罢了。

剧本中有一个特点，每幕于登场人物的姓名下都附有一段详细叙述，好像一篇小传。作者在《后记》中说："正像人家把散文分行写了便以为是诗一样，我把小说的对话部分加强了便亦自以为是剧本了。而'说明'之多，亦充分指出了我之没有办法。"作者写小说是老手，写剧本还是初试，本剧是他的处女作。他这句话是老老实实的自白，并非自谦之词。他自嫌"说明"太多，替每个登场人物叙述身世，当然也是"说明"之一种。我觉得对于读者，这种小传式的叙述大有用处，我于阅读时曾得到许多帮助。那素性刚强而有决断的女主人公赵自芳，怎样会变成胸襟狭仄、敏感而神经质的人；精明强干的林永清，怎样会销损志气，落到诱惑的陷阱中去；一向老实谨慎的李维勤，怎样会在某种诱惑之下去冒险，走错了路；他的妻唐文君，素性容易和人亲近，怎样在残酷的磨折之下变成了孤僻畏葸而忧郁的性格；富有热情的黄梦英，怎样会把热情潜藏起来，用笑声来发挥玩世的态度，睥睨一切：小传中都有理由可寻。环境决定性格，看了剧中几个好人在目前的现实环境之中被转变的情形，真堪浩叹。

剧中对话句句经过锤炼，无一句草率。有几处似乎因为锤炼得太过度，反使读者不易理会，至少上演时会叫观众听了不懂。例如第四幕中严干臣宅宴会时，黄梦英把本可赢钱的一副纸牌丢弃了，反自认为输与财阀金淡庵，跑出客厅来与其所尊敬的陈克明教授（黄梦英的爱人乔张之师）谈话里有一段道（删去动作与表情的说明）：

> 黄：嗳，陈教授，有一句古老话，赌钱的时候，一个人会露出本相来。您觉得这句话怎样……也许您有点儿诧异吧，刚才那副牌明明是我赢的，干么我反倒自认为输了？
>
> 陈：有一点。然而程度上还不及那个方科长。
>
> 黄：哦，怎么，那个——方科长之类猜到了该是我赢的牌么？
>
> 陈：不是猜到。您把您的牌给我看的时候，他就站在我背后。可是梦英，我记得也还有一句古老话：不义之财，取之不伤廉。
>
> 黄：那么，陈先生，照您看来，我这一手，难道有什么深刻的意义么？……没有。好玩儿罢了。

这几行是容易看懂听懂的，没有什么。试再看下面：

> 陈：梦英！你不应当对我这样不坦白？……梦英！我好像到了一个阴森森的山谷，夕阳的最后一抹红光还留在最高的山峰上，可是乌黑的云阵也从四面八方围拢来了！……我有预感，一个可怕的大风暴，就要封锁了那山谷，我好像已经听见了呼呼的风声、隆隆的雷响！……我还想起了不多几天前我得的一个梦：从汪洋大海、万顷碧波中，飞出来了一条龙，对，一条龙，飞

到半空，忽然跌下，掉在泥潭里，不能翻身，蚊子、苍蝇都来嘲笑它，泥鳅也来戏弄它，而它呢，除非一天天变小，变得跟泥鳅一般，就只有牺牲了性命。梦英！我当真替它担心！

黄：陈先生，您那个梦，不能成为事实！……您自然也不会不了解，有一种人，自己没有病，倒是天天在那里发愁，看见了真有病的人反以为没关系。另外有一种人可巧完全相反。——他不担心自己。因为自己的健康如何，他知道的更清楚些。

陈：可是，您也不要忘记那句格言：旁观者清。

黄：教授，您是一位很现实的人，请您忘记了什么龙——对，龙是困在泥潭中，可是，只要它还没变小，还有一口气，龙之所以为龙，也还不可知呢。陈教授，让我请您记起一个人！一个青年，大眼睛的青年，血气太旺，心太好的一个年青人！

陈：啊！乔张！有了下落么？三天四天前有人告诉我——可是，梦英，您没有得到恶劣的消息吧？

黄：不太坏，也不太好。要是只从一边儿想呵，甚至可以说，有这么七分希望。然而，乔张要是知道了如何取得这七分的希望，他一定要不理我了。

陈：（指室内）是不是他——

黄：当然他这妄想，搁在心里，并不是一朝一夕的事了。可是为了乔张，倒给他一个正面表示的机会。刚才他对我说，下落，已经打听到了，办法，也不是没有，不过，万事俱全，单要一样药引子——

陈：哼，乘机要挟，太无耻了！

黄：陈教授，你没有听见过说竟想用龙肉来做药引子吧。即
　　使是困在泥潭里的一条龙呵！陈教授，您现在也许要
　　说，即使像刚才那副牌这样的不义之财，我干脆一脚踢
　　开，也是十二分应该的吧？

　　这段对话非常含蓄，富有暗示性，细心的读者，可以从这里面得到种种的事情，黄梦英为了营救失踪或被捕的乔张，怎样在交际场中厮混，虚与委蛇，金淡庵追逐她至怎样程度，而陈克明教授怎样爱护期待她，怎样替她担心，作者都用譬喻来表达。锤炼之工，真可佩服。但在舞台上演出时，一般并未读过登场人物的小传的观众，听了这些暗示性譬喻式的对话，是否能懂得其所以然，就大大地是一个疑问了。我以为，这部剧本，是一部好的读物，犹之乎一部好的小说。观众在看剧以前，最好先把剧本阅读一过。

　　本剧是作者的处女作，以剧的技巧论，当只有可指摘之处，至于主旨的正确与反映现实的手腕，是值得敬服的。作者今年五十岁，叶圣陶氏作七律一首为寿，腹联二句是：

　　　　待旦何时嗟子夜　　驻春有愿惜清明

把《子夜》与本剧相对。《子夜》是作者小说中的大作，我们也希望作者从五十岁来划一个时期，于小说以外兼写剧本，有更完成的巨著出现。

（原载于1946年《文坛月报》创刊号）

寄　意

我是《中学生》创办人之一，从创刊号至七十六期止，始终主持着编辑等社务。所以在我，本志好比一个亲自生育、亲手养大的儿女。

一九三七年八一三战事起后不多日，在校印中的本志七十七期随同上海梧州路开明书店总厂化为灰烬。嗣后社中同人流离星散，本志也就在上海失去了踪影。

两年以后，我在上海闻知开明同人已在内地取得联络，获得据点，本志也由原编辑人叶圣陶先生主持复刊了。这消息很使我快慰，好比闻知战乱中失散的儿女在他乡无恙一般。——实际上，我真有一个女儿随叶圣陶先生一家辗转流亡到了内地的。从此以后，遇到从内地来的人，就打听本志在内地的情形。两地相隔遥远，邮信或断或续，印刷品寄递尤不容易。偶然从来信中得到剪寄的本志文字一二篇，就同远人的照片一样，形影虽然模糊，也值得珍重相看。

直至胜利到来，才见到整册的复刊本志若干期。嗣后逐期将在上海重印出版。上海不见本志，已有八个多年头，一般在上海的老读者见了不知将怎样高兴。

我曾为本志写过许多稿子。可是在内地复刊以后，因为邮递不便和个人生活不安、心情苦闷等种种原因，效力之处很少。记得只寄过一篇译稿。我的名字已和读者生疏了。从今以后，愿继续为本志执笔。近来我正病着，如果健康允许的话，一定要多写些值得给读者看的东西。

（原载于1946年《中学生》第一百七十一期）